AF111915

www.ingramcontent.com/pod-product-compliance
Lightning Source LLC
LaVergne TN
LVHW020434080526
838202LV00055B/5176
* 9 7 8 8 1 9 6 1 1 3 4 4 5 *

جادوگر

(بچوں کی کہانیاں)

از:

پروفیسر رام سروپ کوشل

© Taemeer Publications

Jaadugar *(Kids stories)*

by: Ram Swaroop Kaushal

Edition: January '2023
Publisher & Printer:
Taemeer Publications. Hvderabad.

ISBN 978-81-961134-4-5

مصنف یاناشر کی پیشگی اجازت کے بغیر اس کتاب کا کوئی بھی حصہ کسی بھی شکل میں بشمول ویب سائٹ پر اَپ لوڈنگ کے لیے استعمال نہ کیا جائے۔ نیز اس کتاب پر کسی بھی قسم کے تنازع کو نمٹانے کا اختیار صرف حیدرآباد (تلنگانہ) کی عدلیہ کو ہو گا۔

© تعمیر پبلی کیشنز

کتاب	:	**جادوگر**
مصنف	:	**رام سروپ کوشل**
صنف	:	ادب اطفال
ناشر	:	تعمیر پبلی کیشنز (حیدرآباد، انڈیا)
زیر اہتمام	:	تعمیر ویب ڈیولپمنٹ، حیدرآباد
تدوین / تہذیب	:	مکرم نیاز
سالِ اشاعت	:	۲۰۲۳ء
تعداد	:	(پرنٹ آن ڈیمانڈ)
طابع	:	تعمیر پبلی کیشنز، حیدرآباد -۲۴
صفحات	:	۷۶
سرورق ڈیزائن	:	مکرم نیاز

فہرست

(۱)	جادوگر	7
(۲)	حافظ جی کی کہانی	27
(۳)	کاہل رام	32
(۴)	گھڑیال اور گیدڑ	41
(۵)	شرن شیرن	49
(۶)	بینگن	56
(۷)	عقیل اور زندہ دل کی کہانی	60
(۸)	نمک کی خاصیت	65

پیش لفظ

ایک مہذب اور صاف ستھرے سماج اور ملک و ملت کے زریں مستقبل کے لیے ادب اطفال کی جتنی ضرورت ہمیں کل تھی، آج بھی ہے۔ ان کہانیوں میں وعظ و پند کا شور نہیں بلکہ انسان دوستی اور ہمدردی کی دھیمی دھیمی اور بھینی بھینی مہک ہونی چاہیے۔

بچوں کے ادب کی زبان نہایت آسان ہونی چاہئے۔ طرز ادا اور اسلوب بیان ایسا ہو کہ بچے بخوشی انہیں پڑھیں، ان میں دلچسپی لیں، ان کو پڑھ کر مسرت محسوس کریں۔ کہانیوں میں مختلف دلچسپ واقعات کی شمولیت سے بچوں کی دلچسپی کو بڑھایا جا سکتا ہے۔

تعمیر پبلی کیشنز کی جانب سے ایسی چند قدیم کہانیوں کا ایک جدید ایڈیشن شائع کیا جا رہا ہے۔

جادوگر

ایک راجہ تھا اور ایک تھی اُس کی رانی۔ اُن کے پاس بیشمار دولت تھی۔ ان کا ملک مالا مال اور رعیت خوشحال تھی۔ اُن کے عالی شان محل میں دُنیا کی تمام نعمتیں موجود تھیں۔ بس صرف ایک ہی چیز نہ تھی۔ اولاد! لیکن آخر کار گھر کا چراغ بھی پیدا ہوگیا اور سلطنت میں خوب خوشیاں منائی گئیں۔

شہزادے کا نام چندر تھا۔ وہ بہت خوب صورت تھا۔ رانی اسے اس قدر پیار کرتی تھی۔ کہ کبھی گھڑی بھر کے لئے بھی اسے اپنی نگاہوں سے اوجھل نہ ہونے دیتی تھی۔ اور چندر ساری رات اس کی گود میں سویا کرتا تھا۔ خوب چاؤ چونچلوں میں پل کر شہزادہ ایک سال کا ہوگیا۔ اس کی پہلی سالگرہ کے دن خوب جشن منایا گیا۔

دُنیا میں ایسا کون بڑا اور نیک آدمی ہے۔ جس کا کوئی نہ کوئی دشمن نہ ہو؟ راجہ کی سلطنت کی سرحد پر ایک نہایت گھنا جنگل

تھا+ایک نامی ڈاکو اس میں رہتا تھا۔ وہ راجہ سے محض اس وجہ سے نفرت کرتا تھا۔ کہ اس کی رعایا اُسے دل و جان سے کیوں پیار کرتی ہے۔ اور اُسے دُنیا کی ہر ایک نعمت کیوں حاصل ہے+ پس اس ڈاکو نے یہ ارادہ کر لیا۔ کہ مَیں اس راجہ کو دُنیا میں سب سے زیادہ دُکھی بنا دوں گا+

اس ڈاکو کے پاس دولت تو بہت تھی۔ مگر اس کے دل کو خوشی حاصل نہ تھی۔ کیونکہ کوئی اسے محبت نہ کرتا تھا+ وہ ایک جادوگر تھا۔ اور اس نے اپنی تمام طاقت اور عظمت شیطان کا بندہ بن کر حاصل کی تھی+

شہزادہ کی پہلی سالگرہ کے دن جب سب لوگ خوشیاں منا رہے تھے۔ اس وقت ڈاکو فقیر کا بھیس بدل کر محل کے دروازہ پر پہنچا+ اس کے دائیں ہاتھ میں ایک موتیوں کی مالا تھی+ اس نے دربانوں سے کہا۔ کہ مجھے اندر جانے کی اجازت دو۔ تاکہ مَیں یہ مالا راجہ کے بیٹے کی نذر کر سکوں+ چنانچہ اس کو اجازت مِل گئی+ اندر راجہ تخت پر بیٹھا تھا۔ اور سلطنت کے امیر وزیر چاروں طرف سے اسے گھیرے کھڑے تھے۔ ڈاکو نے جا کر وہ مالا راجہ کے قدموں میں رکھ دی، موتی اس طرح چمکتے تھے۔ جیسے تارے اور جو کوئی ان کی طرف دیکھتا تھا۔ اس کی آنکھیں چُندھیا

جاتی تھیں ۔

جب ڈاکو نے زمین کو چُوما۔ تو راجہ نے پوچھا "تم کہاں سے آئے ہو؟"

ڈاکو نے جواب دیا۔"مَیں سمندر کی سلطنت سے چل کر آیا ہوں۔ اور یہ مالا مَیں نے سنہری غار کی ملکہ سے حاصل کی ہے۔ اس میں ایک خاص خوبی یہ ہے۔ کہ جو بچّہ اسے پہنے گا۔ وہ دُنیا میں سب سے عقل مند آدمی اور سب سے طاقتور جنگجو بن جائے گا"۔

راجہ نے ڈاکو کا شکریہ ادا کیا۔ اور اپنے خدمتگاروں کو حکم دیا۔ کہ اسے خوب اچھے اچھّے کھانے پیٹ بھر کر کھلاؤ۔ اور بہت سی اشرفیاں دو۔ اور اگر اس کی کوئی اَور خواہش ہو۔ تو وہ بھی پوری کرو۔

ڈاکو نے کہا۔"میری غذا صرف درختوں کی جڑیں اور سبز بُوٹیاں ہیں۔ اور مَیں شاہی دستر خوان پر کھانا نہیں کھانا چاہتا۔ نہ مجھے روپے پیسے کا پیار ہے۔ لیکن راجہ صاحب! اگر تم مجھ پر مہربان ہو۔ تو میری ایک درخواست منظور کرو۔ مرنے سے پہلے مجھے ایک دفعہ شہزادہ کو جی بھر کر دیکھ لینے دو"۔

اس کی درخواست منظور ہو گئی۔ اور نوکر اس کو اس کمرہ

ہیں لے گیا۔ جہاں رانی اپنے لاڈلے بیٹے کے ساتھ رہتی تھی ۔

آہا! اس ڈاکو نے اس سے پہلے ایسی خوب صورت عورت کبھی نہ دیکھی تھی۔ اس نے اپنے دل میں کہا۔ "اب مَیں سمجھ گیا۔ کہ راجہ کی زندگی اس طرح خوش خوش کیوں گزرتی ہے۔ اگر یہ عورت میری بیوی ہو۔ تو مجھے بھی اتنی ہی خوشی حاصل ہو"۔

اس کے دل میں تو یہ بات تھی۔ کہ اپنے منتر کے زور سے۔ بچہ کی زندگی کا خاتمہ کر دے۔ تاکہ وہ اس مالا کو کبھی پہن ہی نہ سکے۔ لیکن اس کی تمام توجہ رانی کی طرف لگ گئی۔ جس کام کے لئے آیا تھا۔ اُس کا خیال ہی نہ رہا۔ جب اُس نے بچّہ کو دعا دی اور اُس کی تعریف کی تو رانی ذرا مسکرائی۔ یہ دیکھ کر بدمعاش ڈاکو نے سوچا کہ اس کو ابھی لے جاؤں تو اچھا ہے ۔

ڈاکو کے بدن پر صرف ایک ہی کپڑا تھا۔ اس کے نیچے سے اس نے اپنی جادو کی چھڑی نکالی۔ اور اسے ایک دفعہ ہلایا۔ فوراً تمام نوکر چاکر گہری نیند سو گئے۔ اس کے بعد چھڑی کو دو دفعہ ہلایا۔ رانی کا ایک چھوٹا سا کالا کُتّا بن گیا۔ پھر تین دفعہ ہلایا۔ اور وہ کُتّا سو گیا۔ اس نے اس کُتّے کو اپنی گود میں لے لیا۔ اور کمرے سے نکل کر دروازہ بند کر دیا۔ محل سے نکل کر پھاٹک کے رستے شہر میں جا پہنچا۔ وہاں سے خوشی خوشی جنگل کی راہ لی ۔

شہر سے باہر نکل کر اس نے اپنی جادو کی چھڑی ہلائی۔ اور آن کی آن میں آسمان کے راستے اپنے قلعہ میں جا پہنچا۔ وہاں جا کر اس نے سوچا۔ کہ جب تک رانی میری بیوی بننا منظور نہ کرے گی۔ میں اسے بلند برج میں قید رکھوں گا۔

ڈاکو کے محل سے چلے آنے کے تھوڑی ہی دیر بعد راجہ رانی کے کمرے میں پہنچا۔ کہ وہ خوب صورت موتیوں کی مالا رانی کو دکھائے۔ مگر وہاں جا کر دیکھا۔ کہ سب لونڈیاں باندیاں فرش پر گہری نیند سو رہی ہیں۔ بہت حیران ہوا۔ شہزادہ بھی سویا پڑا تھا۔ مگر جس بات سے اس کی حیرانی کا کوئی ٹھکانا نہ رہا وہ یہ تھی۔ کہ رانی کہیں نظر نہ آتی تھی۔ اس نے محل کا کونہ کونہ چھان مارا۔ مگر سب بے فائدہ! باندیاں اسی طرح پڑی سو رہی تھیں۔ اور جگانے سے بھی نہ جاگتی تھیں۔

آخر کار راجہ رانی کے کمرہ میں لوٹ آیا۔ وہ بچے پر جھکا اور پیار سے اُس کے سر پر ہاتھ پھیرا۔ اُس وقت ایک موتی شہزادہ کے چہرے سے چھو گیا۔ وہ فوراً جاگ اُٹھا۔ اور مسکرانے لگا۔ اس سے راجہ کو معلوم ہو گیا کہ یہ مالا جادو کی ہے۔ اسی ترکیب سے اس نے تمام باندیوں کو مالا چھو چھو کر جگا دیا۔

کانپتے کانپتے اس نے ان سے دریافت کیا۔" رانی کہاں

چلی گئی ؟"

مگر وہ کچھ نہ بتا سکیں۔ البتہ سب سے بڑی باندی نے کہا: "حضور! جب سے اس فقیر نے اپنی چھوٹی سی کالی چھڑی ہوا میں ہلائی ہے ہمیں معلوم نہیں اس کے بعد کیا کیا ہوا۔ ہمیں اسی وقت نیند آ گئی اور نیند کے آتے ہی ہم سب کچھ بھول گئے۔"

پھر راجہ نے ان سپاہیوں سے پوچھا۔ جو شاہی محل کے صدر دروازہ پر پہرا دے رہے تھے۔ اُنہوں نے جواب دیا: "ہم نے اس فقیر کو ایک آبدار موتیوں کی مالا ہاتھ میں لئے محل میں داخل ہوتے دیکھا تھا۔ جب وہ واپس گیا۔ تو اس کی گود میں ایک چھوٹا سا کالا کُتّا تھا۔ جو سو رہا تھا۔"

اب راجہ سمجھ گیا۔ کہ وہ فقیر کے بھیس میں کوئی جادو گر تھا۔ جو اس کی پیاری خوب صورت رانی کو اُڑا لے گیا ہے۔ اسے بہت صدمہ گزرا۔ چیخ چیخ کر رونے لگا۔

راجہ نے رانی کی تلاش میں بہت سے بہادر جنگجو چاروں طرف روانہ کئے۔ مگر ان میں سے کبھی کوئی واپس نہ آیا۔ راجہ کے چھ بھائی تھے۔ وہ ایک ایک کر کے رانی کو ڈھونڈنے گئے۔ لیکن کوئی واپس نہ آیا۔ اب دُنیا میں جس قدر تکلیف راجہ کو تھی۔ اُتنی اَور کس کو ہو گی ؟

راجہ کا وقت رونے دھونے میں کٹتا رہا۔ ہر روز بہادر سپاہی رانی کی تلاش میں جاتے۔ مگر سب بے سود۔

آخر جب چودہ سال کا عرصہ گذر گیا۔ تو راجہ نے کہا "اب رانی کبھی واپس نہ آئے گی۔ اور اب مَیں بھی زندہ رہنا نہیں چاہتا"

شہزادہ چندرا اب تک ایک بہادر نوجوان ہو گیا تھا۔ ایک روز اس کی دادی نے اسے جادوگر کے محل میں آنے۔ اس کے لئے موتیوں کی مالا کا تحفہ لانے اور اس کی ماں کو اُڑا لے جانے کا سارا حال سُنا دیا۔ پھر کیا تھا؟ چندرا اپنے باپ کی خدمت میں حاضر ہوا اور بولا "اگر آپ وہ مالا مجھے پہننے کو دے دیں۔ جو جادوگر نے آپ کی خدمت میں نذر گزرانی تھی۔ تو مَیں جا کر کہیں اپنی ماں کی تلاش کروں"

راجہ نے وہ موتیوں کی مالا ایک جگہ چھپا رکھی تھی۔ پہلے اس کا دل مالا دینے کو نہ چاہتا تھا۔ کیونکہ وہ ڈرتا تھا۔ کہ کہیں وہ مالا اس کے بیٹے کو نقصان نہ پہنچائے۔ لیکن آخر کار دینی ہی پڑی۔ چندرا نے مالا لے کر گلے میں پہن لی۔ بس مالا پہننے کی دیر تھی۔ اس کی شکل صورت بالکل تبدیل ہو گئی! اب وہ لڑکا نہ رہا۔ بلکہ ایک طاقتور جوان ہو گیا۔ چہرہ سے بہادری اور دانائی ٹپکنے لگی۔ آواز میں ایسا اثر آگیا کہ جو سُنتا اس کو حکم کی تعمیل کرنی پڑتی۔

وہ بولا" اب مَیں اکیلا ہی جاؤں گا۔ اور جب تک اپنی ماں کو ساتھ نہ لا سکوں گا۔ ہرگز واپس نہ آؤں گا"

راجہ نے اس کو دعا دے کر جانے کی اجازت دے دی+ چندر کو اگرچہ کامیابی کا پورا پورا بھروسہ تھا۔ مگر اس نے کوئی ایسی بات نہ کہی۔ جس سے یہ ظاہر ہوتا۔ کہ اُسے کامیابی کی امید ہے+

چندر چلتا چلتا پایہ تخت پیچھے چھوڑ گیا اور ایک جنگل میں جا پُہنچا+ بعض لوگ اس سے کچھ فاصلہ پر پیچھے پیچھے چلے آ رہے تھے+ اچانک ایک بڑا بھاری شیر شہزادہ کے سامنے آ ڈٹا۔ لیکن شہزادہ بے کھٹکے اس کی طرف بڑھا۔ اور اس مردم خور چوپائے کو اپنا راستہ چھوڑ کر دُم دبا کر بھاگ جانا پڑا+ جب یہ خبر غمزدہ راجہ کے کانوں میں پُہنچی۔ تو خوش ہو کر بولا" شگون تو اچھا ہے مگر ابھی بہت سے بڑے بڑے خطروں کا سامنا کرنا ہو گا"

شہزادہ آگے ہی آگے بڑھتا رہا۔ مگر لوگ اب اس کے پیچھے پیچھے جاتے گھبراتے تھے+ جنگل اور میدان پیچھے چھوڑتا ہوا شہزادہ ایک سرسبز پہاڑ پر جا پُہنچا+ تکان سے اس قدر چُور ہو گیا تھا کہ پہاڑ پر لیٹ گیا اور لیٹتے ہی نیند آ گئی+ معلوم نہیں وہ کتنی دیر سویا ہو گا۔ مگر اس کی آنکھ دھیمی سرسر کی آواز سے کھُل

گئی + دیکھا کہ سامنے ایک درخت پر ایک عقاب کا گھونسلا ہے۔ اور ایک بڑا سا کالا سانپ اس درخت کے تنے پر چڑھ رہا ہے + عقاب کے بچّوں نے سانپ کو اپنی طرف آتے دیکھا۔ تو مارے خوف کے شور مچانے لگے۔ چندر فوراً آگے کی طرف جھپٹا۔ اور تلوار سونت کر ایسا ہاتھ مارا کہ سانپ دو ٹکڑے ہو کر زمین پر آ گرا + مگر تھوڑی ہی دیر کے بعد وہ دونوں ٹکڑے پھر مل گئے۔ اور سانپ نے پھر درخت کا رُخ کیا + چندر بڑا حیران ہوا۔ اس نے جی نہ ہارا۔ تلوار کھینچ کر اب کے سانپ کے تین ٹکڑے کر دئے + مگر یہ تینوں پھر آپس میں آملے + یہ دیکھا تو اس نے سر کاٹ کر ایک گڑھے میں دبا دیا + اب سانپ کا دھڑ بے جان پڑا رہا۔ اور اس کی ضیافت اُڑانے کے لئے چیونٹیاں وہاں آ جمع ہوئیں اِتنے میں عقاب کے بچّوں کے ماں باپ بھی آ گئے + جب اُنہوں نے دیکھا کہ چندر نے اُن کے بچّوں کی جان بچائی ہے تو کہنے لگے۔ "تو بڑا بہادر اور دانا شہزادہ ہے + یہ خوف ناک کالا سانپ ہمیشہ ہمارے بچّوں کو مار کر کھا جایا کرتا تھا۔ لیکن اب یہ ہمیں نہ ستائے گا + اے شہزادے! جب کبھی تمہیں ہماری مدد کی ضرورت ہو۔ بُلا لینا۔ ہم فوراً تمہارے حکم کی تعمیل کریں گے"+

چندر نے عقابوں کا شکریہ ادا کیا۔ اور آگے بڑھا + بہت دُور

آگے جا کر وہ سو گیا + جب کئی گھنٹے کے بعد اُٹھا۔ تو کسی کے کراہنے کی آواز اس کے کانوں میں پہنچی + اُس نے دیکھا۔ کہ ایک جنگلی ہرن کے سینگ ایک جھاڑی میں پھنس گئے ہیں۔ اور اس کی آنکھوں سے آنسو جاری ہیں + شہزادہ نے اپنی تلوار نکالی اور جھاڑی کو کاٹ کوٹ کر غریب جانور کو دُکھ سے چھڑا لیا +

تب ہرن نے اس سے کہا "تم نے مجھے موت کے مُنہ سے نکالا ہے۔ کیونکہ اگر تم مجھے نہ بچاتے۔ تو جلد ہی کوئی شیر ادھر آنکلتا اور مجھے پھاڑ کھاتا + اگر کبھی تمہیں امداد کی ضرورت ہو تو مجھے بُلا لینا۔ مَیں فوراً پہنچوں گا + دُنیا میں مجھ سے تیز کوئی ہرن نہیں چل سکتا"+

چندر ہرن کا شکریہ بجا لایا۔ اور اپنی راہ لی + شام کا جھٹ پٹا ہو رہا تھا۔ کہ ایک مکان نظر آیا + شہزادہ اندر چلا گیا + وہاں دیکھا کہ ایک کمرہ میں ایک بُڑھیا اکیلی بیٹھی ہے + جب وہ اس کے قریب پہنچا۔ تو اس نے اپنی نگاہیں اُوپر اُٹھائیں اور بولی۔ "خوبصورت نوجوان! کیا تجھے یہاں آتے ڈر نہیں لگا؟ یہ میرے بیٹے کا مکان ہے۔ جو ڈاکوؤں کے سردار کا مالی ہے + وہ ڈاکوؤں کا سردار ایک بڑا جادوگر ہے۔ اور اگر وہ تجھے دیکھ پائے گا۔ تو تجھے پتھر یا درخت بنا دے گا + بہت سے شریف آدمیوں کو جو

اس خوب صورت رانی کی تلاش میں آئے تھے۔ اس نے پتھر یا درخت بنا دیا ہے؟"

شہزادہ نے کہا۔"چونکہ تیرا دل اس قدر نرم ہے۔ اور تو مجھ پر مہربان ہے۔ اس لئے مجھے اُمید ہے کہ تُو ضرور میری حفاظت کریگی"

اس بُڑھیا نے پوچھا۔"تُو ہے کون؟"

چندر نے جواب دیا۔"مَیں رانی کا بیٹا ہوں۔ جسے یہ جادوگر اُڑا لایا ہے۔ میرا باپ اس کی جدائی کے غم میں بوڑھا ہوگیا ہے۔ میری عمر اُس وقت صرف ایک سال کی تھی۔ جب یہ بدمعاش میری ماں کو کُتا بنا کر یہاں لے آیا۔ مگر اپنی ماں کی شکل و صورت میں اب تک بھی نہیں بھولا۔ کیونکہ ہر مہینے وہ مجھے خواب میں نظر آتی ہے۔ کبھی مُسکراتی ہوئی اور کبھی زار و زار روتی ہوئی"

بُڑھیا بولی۔"وہ ہر وقت تجھے یاد کر کر کے روتی رہتی ہے۔ مجھے یقین ہو گیا۔ کہ تُو ضرور اس کا بیٹا ہے۔ کیونکہ اُس نے مجھے بتایا تھا۔ کہ وہ ہر مہینے تجھے خواب میں دیکھتی ہے"

بُڑھیا نے شہزادہ کو کھانا کھلایا۔ اور اس کے بعد اسے ایک لڑکی کی پوشاک پہنا دی۔ آہا وہ کیسی خوب صورت لڑکی بن گئی!

جب بُڑھیا کا بیٹا گھر آیا تو اُس نے پُوچھا۔"یہ نوجوان عورت کون ہے؟"

بُڑھیا نے جواب دیا "یہ میری بہن کی لڑکی ہے۔ اور جب تک اُس کی شادی نہ ہو جائے گی۔ یہ ہمارے ہی ساتھ رہے گی"

بیٹا بولا "اگر ڈاکو نے اُسے دیکھ پایا۔ تو ممکن ہے۔ جان سے مار ڈالے"

بُڑھیا نے کہا "یہ تمام باتیں مجھ پر چھوڑ دو۔ مَیں اس کی بابت تمہارے آقا سے خود کہہ دوں گی"

اگلے روز چندر بُڑھیا کے ساتھ باغ میں گیا۔ جب ڈاکو نزدیک آیا۔ تو بُڑھیا اس سے کہنے لگی "میری بھتیجی کچھ عرصہ کے لئے میرے پاس آئی ہے۔ اسے ایک جادو کا عمل یاد ہے۔ اور ایک ایسی بُوٹی معلوم ہے۔ کہ اگر اُسے کوئی عورت ذرا سا چکھ لے۔ تو جس مرد پر سب سے پہلے اس کی نگاہ پڑے۔ اس کو اپنی جان سے بھی زیادہ پیار کرنے لگے"

ڈاکو بولا "مَیں نے بہتیری کوشش کی۔ مگر میرا خوب صورت قیدی مجھ سے محبّت نہیں کرتا۔ اپنی بھتیجی سے کہو کہ وہ محبّت کی بُوٹی تلاش کر کے میرے پاس لے آئے"

بُڑھیا نے جواب دیا "وہ بُوٹی تو لڑکی رانی کو اپنے ہاتھ سے کھلائے گی۔ اس لئے پہلے اسے جا کر قیدی پر اپنا اعتبار جمانا ہوگا"

ڈاکو نے لڑکی کو ہر روز بُرج میں رانی کے پاس جانے کی اجازت دے دی + اگلے روز چندر لڑکی کے بھیس میں وہاں پُہنچا + رانی نے محبت بھری نگاہوں سے اس کی طرف دیکھا اور بولی" تو مجھے بہت پیاری معلوم ہوتی ہے۔ کیونکہ تیری شکل صورت میرے بیٹے سے ملتی جلتی ہے۔ جس کو مَیں اکثر خواب میں دیکھتی ہوں "+

اس پر چندر نے رانی کو اصل حال بتا دیا + رانی نے اسے گلے سے لگایا اور خوب روئی +

چندر نے کہا" اماں مَیں تمہیں اس جادو کی قید سے چھڑانے آیا ہوں۔ اور اگر تم میرے کہنے پر چلو گی۔ تو مَیں اس بدمعاش جادوگر کو بہت جلد نیچا دکھا دوں گا "+

ماں بیٹا روز صبح کے وقت ملتے + ایک روز چندر نے اس سے کہا" جب جادوگر تم سے ملنے آئے۔ تو تم اس سے کہنا۔ کہ اگر تُو مجھے تھوڑی سی مہلت دے۔ تو مَیں تیرے ساتھ شادی کرنے کو تیار ہوں + اس سے وہ تجھ پر مہربان ہو جائے گا + اس کے بعد یہ معلوم کرنے کی کوشش کرنا کہ اس کی طاقت کا سبب کیا ہے۔ اور اس کی موت کس طرح ہو سکتی ہے "+

رانی نے بیٹے کی بات مان لی + ادھر چندر نے جادوگر سے کہہ دیا کہ رانی کو پریم کی بُوٹی کھلا دی ہے + یہ سُنتے ہی وہ بُرج میں

پُہنچا۔ رانی نے مسکرا کر کہا۔" اگر کچھ مہلت دو۔ تو اس کے بعد میں تمہارے ساتھ شادی کرلوں گی"۔ یہ سُن کر جادوگر کی خوشی کا ٹھکانا نہ رہا۔

جادوگر چاہتا تھا کہ رانی اسی وقت شادی کرلے۔ مگر وہ کہتی تھی کہ ذرا ٹھہرو اور پہلے مجھے اپنی محبت کا ثبوت دو۔

جب جادوگر نے وعدہ کرلیا۔ تو رانی نے پُوچھا۔" کیا تو امر ہے؟ کیا تجھے کوئی نہیں مار سکتا؟ کیا تو اِتنا بڑا جادوگر ہے کہ کوئی شخص تجھے نقصان نہیں پُہنچا سکتا"؟

ڈاکو نے غور سے رانی کو دیکھا اور پُوچھا۔" تو میرے بھید کیوں معلوم کرنا چاہتی ہے"؟

رانی بولی۔" بیوی کے لئے اپنے خاوند کے رازوں سے واقف ہونا ضروری ہے۔ تاکہ وقت پر اس کی حفاظت کرسکے"۔

جادوگر چکمہ میں آگیا۔ اس نے بتا دیا۔ کہ میری جان ایک سبز رنگ کے طوطے میں ہے۔ جس کی حفاظت بہت سے راکھشس کرتے ہیں۔ وہ طوطا درختوں کے ایک جھُنڈ میں رہتا ہے۔ جس کے چاروں طرف آگ کا دریا بہتا ہے۔ اگر کوئی شخص راکھشسوں کے ہاتھ سے بچ بھی نکلے۔ تو آگ اُس کو جلا کر خاک کردے گی۔ طوطے کے پاس ہی پانی کے بھرے ہوئے سات مٹکے رکھے

ہیں + جب تک وہ بھرے ہوئے ہیں۔ کسی کی مجال نہیں کہ طوطے کو اُٹھا سکے "

رانی نے مُسکرا کر کہا " طوطے تک پہنچنا اور تیری جان لینا اِنسان کی طاقت سے باہر ہے "

جب چندر اگلی مرتبہ اس سے ملنے گیا۔ تو اس نے سارا حال چندر کو سُنا دیا + اس نے کہا میں اسی وقت اس سبز طوطے کو لینے کے لئے روانہ ہوتا ہوں +

ماں نے اس کو منع کیا۔ مگر چندر بولا " موتیوں کی مالا کی مدد سے مَیں ضرور کامیاب ہوں گا + اگر مَیں نہیں جاؤں گا۔ تو نہ تو تم اس کی قید سے چھٹکارا پاؤ گی۔ اور نہ میرا باپ تمہیں کبھی دیکھ سکے گا + اُس وقت تک وہ بہادر بھی اپنی اصلی شکل صورت میں نہ آ سکیں گے۔ جو تمہاری تلاش میں یہاں پہنچے تھے۔ اور اب اینٹ پتھر اور درخت بنے پڑے ہیں "

وہ اُسی روز شام کے وقت روانہ ہو گیا۔ اور ساری رات چلتا رہا + جب صبح ہوئی۔ تو اسے اس ہرن کا خیال آیا۔ جسے اس نے جھاڑی میں سے نکالا تھا + اس نے بلند آواز سے کہا " کاش کہ وہ تیز رفتار ہرن میری مدد کے لئے کہیں نزدیک ہی ہوتا! "

اس کی زبان سے یہ الفاظ نکلنے کی دیر تھی۔ کہ وہ ہرن آ پہنچا۔

اور بولا "حکم کیجئے تاکہ مَیں اسے بجا لاؤں"

چندر نے کہا "مجھے اس جنگل میں لے چل۔ جہاں آگ کا دریا بہتا ہے۔ اور راکھشس ایک سبز طوطے کی حفاظت کرتے ہیں"

ہرن نے کہا "میری پیٹھ پر سوار ہو جائیے۔ مَیں آپ کو اُس جنگل کے سرے پر لے جا کر چھوڑ دوں گا"

شہزادہ چندر اس کی پیٹھ پر سوار ہو گیا۔ وہ تیز رفتار ہرن تین دن تین راتیں لگاتار چلتا رہا۔ پل بھر کے لئے بھی دم نہیں لیا۔ آخر بہت سے جنگل۔ میدان۔ جھیلوں اور دریاؤں سے گذر کر چوتھے دن سویرے ہی ایک بڑے جنگل کے سرے پر جا پہنچا۔ اور بولا "مَیں اس سے آگے نہیں جا سکتا۔ لیکن آپ کے واپس آنے تک یہاں انتظار کروں گا"

شہزادہ بولا "کاش کہ اب وہ عقاب یہاں موجود ہوتا۔ کیونکہ اس وقت مجھے اُس کی امداد کی ضرورت ہے"

کہنے کی دیر تھی۔ دونوں پرندے ایک چٹان پر آ کر بیٹھ گئے۔ اور چندر سے بولے "شہزادہ صاحب! آپ نے کالے سانپ کو مارا تھا۔ فرمائیے ہم آپ کی کیا خدمت بجا لا سکتے ہیں؟"

چندر نے کہا "مجھے درختوں کے اس جھنڈ میں لے چلو جس کے گرد آگ کا دریا بہتا ہے۔ اور جس میں وہ سبز رنگ کا طوطا رہتا

ہے "

عقاب بولے:" اپنی پیٹی کے ساتھ ایک رسّی باندھ لیجیے۔ اس کے دونوں سرے، ہم اپنی چونچوں میں لے لیں گے۔ اور آپ کو اس جھنڈ میں پہنچا دیں گے "

پرندوں نے چندر کو اس جھنڈ میں پہنچا دیا۔

وہاں پہنچ کر پہلے تو چندر نے پانی کے ساتوں مٹکے اُلٹ دئے۔ اس کے بعد طوطے کو اُٹھا لیا۔ راکھشس چیخیں مارنے اور شور مچانے لگے۔ مگر جب تک وہ آگ میں سے نکل کر وہاں پہنچیں۔ عقاب شہزادہ کو لے بھی اُڑے۔ راکھشسوں نے اس کا پیچھا کیا۔ مگر عقابوں نے شہزادے کو لا کر ہرن کی پیٹھ پر بٹھا دیا۔ ہرن اسے لے کر ایسی تیزی سے بھاگا۔ کہ راکھشس اس کی گرد کو بھی نہ پا سکے۔ اور شہزادہ کو لے جا کر جادوگر کے محل میں پہنچا دیا۔

ادھر جادوگر کو معلوم ہو گیا تھا۔ کہ میری جان خطرے میں ہے۔ اس وقت وہ اس بُرج کے پاس کھڑا تھا۔ جس میں رانی قید تھی۔ طوطے کو ہاتھ میں پکڑ کر شہزادہ نے اس سے کہا:" اب تو جو کچھ میں کہوں گا۔ تجھے وہی کرنا پڑے گا "

جادوگر بولا:" اے عقلمند نوجوان! یہ طوطا مجھ کو دیدے۔ جو کچھ

تُو مانگے گا۔ مَیں تجھے خوشی سے دُوں گا"۔

یہ کہہ کر شہزادے کی طرف قدم بڑھانے لگا۔

چندر نے حکم دیا۔"پیچھے کھڑا رہ۔" پھر طوطے کی دُم میں سے ایک پَر نکال کر زمین پر پھینک دیا۔ جادو گر کانپ اُٹھا مگر کھڑا رہا۔ چندر پھر بولا۔"اچھا تو پہلے ان بہادروں کو آزاد کر دے۔ جن کو تُو نے پتھر اور درخت بنا رکھا ہے"۔

جادو گر نے اپنی جادو کی چھڑی ہلائی۔ اور اُسی وقت ہر طرف سے وہ بہادر اُٹھ کھڑے ہوئے۔

جادو گر نے کہا۔"اب تو مجھے طوطا دے دو"۔

چندر ہنسا۔ جادو گر نے پھر جادو کی چھڑی اُٹھائی۔ مگر شہزادہ نے طوطے کا دایاں پر نکال دیا۔ اسی وقت جادو گر کا داہنا بازو ٹوٹ کر زمین پر آ پڑا۔ اب اس بدمعاش آدمی نے اپنی جادو کی چھڑی اپنے بائیں ہاتھ میں لی۔ مگر چندر نے طوطے کا بایاں پر بھی اُکھاڑ دیا اور اسی وقت جادو گر کا بایاں بازو بھی زمین پر آ گرا۔

اب جادو گر کیا کر سکتا تھا؟ اس نے رو کر کہا۔"میرا طوطا مجھے دے دو"۔

چندر نے حکم دیا۔"کہہ کہ تیری تمام دولت کا مالک مَیں ہوا"۔

جادو گر بولا۔"اچھا جو کچھ میرے پاس ہے وہ سب تیرا ہے میرا

طوطا بجھے دے دے۔"

"ہاں ہاں ضرور دوں گا۔" یہ کہا اور چندر نے طوطے کی گردن مروڑ دی۔ اسی وقت جادوگر زمین پر بے جان ہو کر گر پڑا۔

تب شہزادہ بُرج میں آیا اور رانی کو نکالا۔ پھر اس نے اپنے ملک کے اُن تمام بہادروں کو اکٹھا کیا۔ جنہیں اس بدمعاش جادوگر نے درخت اور پتھر بنا ڈالا تھا۔ اس کے بعد جادوگر کا خزانہ لے کر سب کے سب چندر کے باپ کے پاس پہنچے۔ راجہ اور رعایا دونوں کی خوشی کا کوئی ٹھکانا نہ رہا۔ راجہ پھر جوان ہو گیا۔ مگر اس نے اپنا تخت و تاج اپنے بیٹے کو سونپ دیا۔ اور چندر خوشی خوشی باپ کی جگہ حکومت کرنے لگا۔

حافظ جی کی کہانی

کسی شہر میں ایک اندھا فقیر رہتا تھا ۔ وہ ہر روز شہر کے دروازے پر جا بیٹھتا ۔ اور دن بھر آنے جانے والوں سے اللہ کے نام پر خیرات مانگتا رہتا ۔ جب شام پڑ جاتی ۔ لاٹھی ٹیکتا ٹیکتا اپنے گھر چلا آتا ۔ اس کے بھولے بھالے ہمسائے اسے ولی سمجھتے تھے اس لئے جب کبھی اس کا ذکر آتا ۔ یا اُسے بُلاتے ۔ تو ہمیشہ حافظ جی کہہ کر پکارتے ۔

حافظ تھوڑی دیر بعد بلند آواز سے کہا کرتا " کیا کوئی رب کا سخی ایسا بھی ہے ۔ جو مجھے صرف ایک دفعہ سو مُہروں کو ہاتھ میں لے کر دیکھ لینے دے ۔ کہ کیسی ہوتی ہیں ؟"

ایک روز ایسا اتفاق ہُوا کہ ایک سپاہی وہاں آ نکلا ۔ جہاں حافظ بیٹھا تھا ۔ اور اس نے فقیر کی دردناک صدا سُنی ۔ وہ لڑائی سے واپس آ رہا تھا ۔ اس نے اپنے دل میں کہا " کہ مَیں عہد کرتا ہوں ۔ اگر کبھی مجھے

ایک سو مُہریں ملیں۔ تو مَیں انہیں اس بُوڑھے فقیر کے پاس لے آؤں گا۔ اور اِسے خوب اطمینان سے ہاتھ لگا کر دیکھ لینے دُوں گا۔"

خدا کا کرنا کیا ہوا۔ کہ سپاہی ابھی بہت دُور نہیں گیا تھا۔ کہ اس نے راستے میں مہروں کی ایک تھیلی پڑی پائی۔ جس میں پوری ایک سَو مُہریں تھیں۔ نہ ایک کم تھی اور نہ ایک زیادہ۔ سپاہی نے سوچا خدا بڑا کریم اور کارساز ہے۔ اس نے میرا عہد پورا کرنے کے لئے ہی یہ تھیلی میرے رستے میں ڈلوادی۔ چنانچہ وہ شریف سپاہی پلٹ کر حافظ کے پاس پہنچا اور بولا "اے درویش! خدا کے فضل و کرم سے مجھے ایک سو مہریں ملی ہیں۔ آپ انہیں خوب اچھی طرح ٹٹول کر دیکھ لیں۔ تاکہ آپ کے دل کی تمنا بر آئے۔"

مگر حافظ سچا فقیر یا ولی تو تھا نہیں۔ وہ تو ایک اندھا بھک منگا اور درویش کے لباس میں بدمعاش تھا۔ اس نے جلدی سے سپاہی کے ہاتھ سے تھیلی لے لی۔ رسّی کھولی۔ ایک ایک کر کے مُہروں کو نکال کر گِنا۔ پھر انہیں احتیاط سے باندھ لیا۔ تھیلی کو اپنے پلّے میں ڈال کر سپاہی کو ہزاروں دعائیں دینے لگا۔

سپاہی نے کہا "مگر حافظ جی! میری مُہریں بھی تو دیجئے۔"

اندھا فقیر سپاہی کی یہ بات سُنتے ہی زور زور سے چلانے لگا "دوستو! پڑوسیو! خدا کے لئے میری مدد کرو! چور! چور! کوڑی یہاں

سے مانگ۔ پیسہ وہاں سے لے۔ ساری عمر میں مَیں نے بڑی مشکل سے یہ تھوڑا سا روپیہ جمع کیا ہے۔ اور یہ چور مجھ سے سارے کا سارا چھین لئے جاتا ہے۔ بچاؤ۔ کوئی بچاؤ!!

حافظ کی چیخ پکار سُن کر لوگ چاروں طرف سے دوڑ پڑے۔ اور حافظ کے اِرد گِرد آ جمع ہوئے۔ سب کے سب اس بدقسمت سپاہی پر ٹوٹ پڑے۔ سپاہی غریب کہتا ہی رہ گیا۔ کہ مَیں سراسر بے قصور ہوں۔ مَیں چور نہیں ہوں۔ ڈاکو یہی تمہارا حافظ ہے۔ مگر وہاں سُنتا ہی کون تھا؟ انہوں نے سپاہی کے کپڑے تار تار کر دیئے۔ اور اُسے مار مار کر ادھ مؤا کر ڈالا۔ اور آخر کار شہر سے باہر نکال دیا۔

لیکن سپاہی نے دل میں ٹھان لی۔ کہ مَیں بھی اس کا بدلہ لئے بغیر نہیں رہوں گا۔ جس طرح بلّی چوہے کی تاک میں بیٹھی رہتی ہے۔ اسی طرح سپاہی فقیر کی تاک میں ایک طرف چھپا بیٹھا رہا۔

اتنے میں شام ہوگئی۔ اور چاروں طرف اندھیرا چھا گیا۔ حافظ نے اپنی لاٹھی اُٹھائی۔ اور جھولی سنبھال راستہ ٹٹولتا ٹٹولتا اپنے گھر کی طرف چلا۔ اور تھوڑی دیر میں اپنے گھر جا پہنچا۔ وہ بستی ہی نابینا فقیروں کی تھی۔ حافظ کا مکان محلّہ کے دوسرے سرے پر تھا۔ اس سے پرے جنگل اور کھیت تھے۔ حافظ نے مکان کا قفل کھولا اور اندر جا کر فرش پر بیٹھ گیا۔ اور لگا خدا کا شکر کرنے۔ کہ تو اپنے مجھ ایسے گنہگار بندوں

پر کیسے کیسے کرم کرتا ہے۔ مگر اُسے معلوم نہ تھا کہ سپاہی اس کے پیچھے ہی پیچھے آیا ہے۔ اور اس وقت تلوار کھینچے اس کی پیٹھ پیچھے کھڑا ہے اور موقعہ کے انتظار میں ہے۔ کہ ایک ہی وار ایسا کرے۔ کہ اس مکّار اندھے کا سر کٹ کر بھٹّا سا الگ جا پڑے۔

بُوڑھا حافظ بُڑ بُڑانے لگا "چار سو مُہریں پہلے تھیں۔ ایک سو اب یہ اَور مل گئیں۔ چار سو اور ایک سو کُل پانچ سو ہو گئیں" اس کے بعد حافظ بڑی دیر تک دل کھول کر ہنستا رہا۔

اب اندھا فقیر اُٹھ کر اپنے مکان کے صحن کے ایک کونہ میں گیا۔ وہاں سے مٹّی کھود کر ایک پتھر کی سِل اُٹھائی۔ اس کے نیچے ایک پیتل کا برتن رکھا تھا۔ اپنی کمر سے ہمیانی کھولی۔ اس میں آج کی کمائی کی بہت سی نقدی تھی۔ وہ سب نکال کر برتن میں ڈال دی اور ایک سو مُہریں جو اُس نے سپاہی سے چھینی تھیں۔ وہ بھی اس برتن میں رکھ دیں۔ اس کے بعد مٹّی پتھر سب ٹھیک کر کے وہ اپنی کوٹھڑی میں چلا آیا۔ اور چارپائی پر لیٹ گیا۔

اب سپاہی کی باری آئی۔ چپ چاپ آہستہ آہستہ اس نے وہ مُہروں اور روپیوں پیسوں سے بھرا ہوا برتن نکال لیا۔ اور احتیاط سے اپنے رومال میں باندھ لیا۔ مگر بدقسمتی سے ایسا اتفاق ہوا۔ کہ جونہی وہ اُٹھنے لگا۔ اس کا سر دیوار سے جا ٹکرایا۔ آواز جو آئی۔ اندھا فوراً

اچھل کر کھڑا ہو گیا۔ اور لاٹھی لے کر نہایت خوفناک لہجہ میں چیخنے اور کمرہ کے بیچ میں دیوانہ وار پہیئے کی طرح چکر کاٹنے لگا۔ وہ پاگلوں کی طرح چاروں طرف کودتا اور اپنی لاٹھی زور زور سے اِدھر اُدھر مارتا تھا۔ اس کے تمام گھڑے پھوٹ گئے۔ اور کمرے میں چاروں طرف پانی ہی پانی بہہ نکلا۔ اس کی چیخیں ایسی دردناک تھیں۔ کہ سُننے والوں کا کلیجہ پانی ہوا جاتا تھا۔

اس کے ایک پڑوسی اندھے نے اس کی چیخیں سُنیں۔ اور دوڑا دوڑا یہ معلوم کرنے وہاں آیا۔ کہ کیا ہو گیا۔ مگر اندر داخل ہوتے ہی وہ حافظ کی جھپٹ میں آ گیا۔ حافظ سمجھا۔ ضرور یہی چور ہے۔ آؤ دیکھا نہ تاؤ۔ جھٹ اس کو مضبوط پکڑ لیا۔ اور لگی دونوں میں ہاتھا پائی ہونے۔ دونو اندھے نیچے گر پڑے۔ اور لگے اِدھر اُدھر کیچڑ پانی میں لوٹنے۔ یہ اس کو مارتا تھا۔ وہ اس کو مارتا تھا۔ دونو چیخ چیخ کر مدد کے لئے پکارتے جاتے تھے۔

ادھر میاں سپاہی بھی ایک طرف دبکے کھڑے تھے اور نکل بھاگنے کا موقعہ دیکھ رہے تھے۔ دونوں اندھوں کو یوں لڑتے دیکھا۔ تو اُسے بے اختیار ہنسی آ گئی۔ اور اپنا تمام لوٹ کا مال سنبھال کر چپ چاپ چلتا بنا۔

کسی نے کیا خوب کہا ہے۔ جیسا بوؤ گے ویسا کاٹو گے۔

کاہل رام

لڑکے کا نام ماں نے بل رام رکھا تھا۔ لیکن وہ تھا بڑا سست اس لئے سب لوگ اُسے کاہل رام کہا کرتے تھے۔ وہ ایسا سُست تھا۔ کہ دن رات اُسے کھانے اور سونے کے سوا کچھ کام ہی نہ تھا۔ مگر اس کی بڑھیا ماں کو مارے فکر کے نیند نہ آتی۔ ماں بیٹے کو دونوں وقت کھانے کو چاہیئے تھا۔ اس لئے وہ بیچاری اس بڑھاپے میں بھی دن بھر محنت کرتی تھی۔ کاہل رام تمام دن کوئی کام نہ کرتا۔ ماں اس کو ہمیشہ سمجھاتی۔ اور کہتی۔ کہ جو شخص دُنیا کا کام کاج نہیں کر سکتا اس کی آخر بُری حالت ہوتی ہے۔ لوگ اُسے کُتے کی طرح دھتکارتے ہیں۔ کوئی اپنے پاس تک بٹھانے کا روا دار نہیں ہوتا۔ لیکن کاہل رام کیا سمجھتا؟ اِدھر ماں سمجھانا شروع کرتی۔ اُدھر بیٹے کو نیند آجاتی۔

جب ماں سے بیٹے کی یہ باتیں نہ دیکھی گئیں۔ تو ایک روز اس نے کاہل رام کو کان پکڑ کر چارپائی سے اُٹھا دیا۔ اور کہا " جا کام کر " اس

روز کاہل رام کی آنکھوں کی نیند یکایک دم دبا کر بھاگ گئی۔ وہ دوڑتا ہوا ایک کسان کے پاس پہنچا۔ اور بولا "کیوں جی مجھے کچھ کام دے سکتے ہو؟"

کسان نے کہا "ہاں ہاں! چل میرے ساتھ کھیت پر۔"

کھیت پر پہنچ کر کسان نے اُسے جُتی ہوئی زمین میں سہاگے پر کھڑا کر دیا۔ سہاگے میں بیل جُتے ہوئے تھے۔ کسان نے بیلوں کی دُم مروڑ کر کہا "جا۔"

بیل سہاگے کو گھسیٹتے ہوئے چلنے لگے۔ زمین اُونچی نیچی تھی۔ اس لئے سہاگہ بہت ہلتا تھا۔ اور کاہل رام ڈر کے مارے کانپ رہا تھا۔ مگر کرتا کیا؟ تمام دن اسی طرح کھیت میں سہاگا چلاتا رہا۔ ڈر کے مارے اس کی آنکھیں اس طرح کھُلی رہیں۔ کہ نیند بیچاری پاس تک بھی نہ پھٹک سکی۔ کوسوں دُور اُڑ گئی۔

شام کو کسان نے کاہل رام سے کہا "بس کام ختم ہو گیا۔ اب تُو اپنے گھر جا۔"

اس نے چار پیسے دے کر کاہل رام کو رخصت کر دیا۔ کاہل رام کو آج تک کبھی ایک پیسہ نہ ملا تھا۔ اس لئے اُسے یہ بھی معلوم نہ تھا۔ کہ پیسہ کس طرح رکھا جاتا ہے۔ جب وہ گھر کو واپس آ رہا تھا۔ تو اُسے راستے میں نیند سی آنے لگی۔ اسی وقت پیسے معلوم نہیں کہاں گر گئے

گھر پہنچ کر اس نے سارا ماجرا ماں کے روبرو بیان کیا۔

ماں نے کہا۔" گدھے! یہ بھی نہیں معلوم کہ پیسہ انٹی میں لگا کر رکھا جاتا ہے!"

کاہل رام بولا۔" اچھا اچھا اب سمجھ گیا۔"

دوسرے دن ماں نے اسے پھر کان پکڑ کر اٹھا دیا اور کہا۔"جا۔ کام پر جا۔"

اب کاہل رام ایک چرواہے کے ہاں جا کر بولا۔" کیوں جی مجھے کچھ کام دو گے؟"

چرواہے نے کالے رنگ کی بڑے بڑے سینگوں والی ایک گائے آگے کر کے کہا۔" جا۔ اس کو چرا لا۔"

کاہل رام نے دل میں کہا۔" آہا! آج دوپہر کو سونا ملے گا۔ گائے گھاس چرے گی اور میں چین سے سوؤں گا۔"

وہ گائے کو جنگل میں لے گیا۔ وہاں جا کر اسے تو ایک درخت سے باندھ دیا۔ اور خود درخت کے سائے میں پاؤں پسار کر لیٹ گیا۔ نیند سے اس کی پلک جھپکی ہی تھی۔ کہ گائے نے اپنے سینگوں سے اس کی ناک کھجلا دی۔" او ہو!" کہہ کر کاہل رام اپنی جگہ سے اچھل کر کھڑا ہو گیا۔ اس کا بدن تھر تھر کانپنے لگا۔ اس روز بھی کاہل رام کی نیند ڈر کر بھاگ گئی۔

دن بھر گائے چرائی۔ شام کو کاہل رام نے اسے لے جا کر چرواہے کے سپرد کر دیا۔ چرواہے نے ایک مٹی کے برتن میں دودھ بھر کر اسے دیا اور کہا: "لے یہ تیری مزدوری ہے۔"

کاہل رام نے اپنے دل میں کہا۔" بدمعاش نے مزدوری دینے کے وقت بڑا دھوکا دیا!"

اس نے کیا کیا کہ دودھ کا برتن اپنی دھوتی میں باندھ لیا۔ جب وہ گھر پہنچا۔ تو ماں نے دیکھا۔ کہ دھوتی میں خالی برتن تو موجود ہے لیکن دودھ گر گیا ہے۔ یہ دیکھ کر اُسے بڑا غصہ آیا۔ بولی" یہ کیا پیسہ تھا جو دھوتی میں باندھ لیا؟ بیوقوف! اتنا بھی نہیں جانتا کہ دودھ کا برتن سر پر رکھ کر لایا جاتا ہے؟"

کاہل رام نے کہا: "اچھا اچھا۔ اب یوں ہی کروں گا"

اگلے دن کاہل رام ایک گوالے کے ہاں کام کرنے گیا۔ گوالے نے دن بھر اس سے دہی بلونے کا کام لیا۔ شام ہوگئی۔ تو تھوڑا سا مکھن دے کر چھٹی دے دی۔ کاہل رام نے مکھن کا گولہ لے کر سر پر رکھ لیا۔ سر پر رکھنے کی دیر تھی کہ وہ زمین پر گر پڑا۔ کاہل رام نے اُٹھا کر گولے کو پھر سر پر رکھ لیا۔ اسی طرح گولہ بار بار زمین پر گرتا۔ اور کاہل رام بار بار اُسے اُٹھا کر سر پر رکھ لیتا۔ یوں کرتے کرتے جب کاہل رام گھر پہنچا تو مکھن کا گولہ مٹی ریت لگتے لگتے بالکل مٹی ہو گیا تھا۔

یہ دیکھ کر ماں کو بڑا غصہ آیا۔ بولی "تُو تو نرا کاٹھ کا اُلّو ہے!"

کاہل رام نے کہا "کیوں آج تو مَیں مکھن کو سر پر رکھ کر لایا ہوں"

ماں نے اس کا کان مروڑ کر کہا "گدھے! مکھن کہیں سر پر رکھ کر لایا جاتا ہے؟ اسے تو کیلے کے پتّے میں لپیٹ کر یا دونے میں رکھ کر ہاتھ میں لانا چاہیے تھا"

کاہل رام نے جواب دیا "اچھا اچھا۔ اب سمجھ گیا"

دوسرے دن صبح ہی جب کاہل رام جاگا۔ تو سوچنے لگا کہ آج کام کہاں ملے گا۔ گھر سے نکلتے ہی اُس نے دیکھا کہ ایک شکاری جال ہاتھ میں لئے جنگل کو چلا جا رہا ہے۔ اس نے پوچھا "کاہل رام! شکار کو چلو گے؟"

کاہل رام نے پُوچھا "شکار کیسے کھیلو گے؟"

شکاری نے کہا "چل کر دیکھ ہی کیوں نہیں لیتے؟

شکاری کاہل رام کو ایک گھنے جنگل میں لے گیا۔ اس نے دن میں کئی جانور مارے۔ اور جال بچھا بچھا کر بہت سے پرندے پکڑے۔ کاہل رام بھی تھوڑی دیر میں دیکھتے دیکھتے جال لگانا سیکھ گیا۔ شکار ختم ہو چکا۔ تو شکاری نے کاہل رام کو ایک جنگلی بلّا دیا۔ کاہل رام ماں کی نصیحت کو بھولا نہ تھا۔ بلّے کو کیلے کے پتّے میں لپیٹ کر خوب مضبوطی سے ہاتھ میں پکڑ کر گھر کو لے چلا۔ بلّا اس کے ہاتھ سے نکل جانے کو

بے طرح ہاتھ پاؤں مارنے لگا۔ اپنے تیز ناخن مار مار کر کاہل رام کا ہاتھ بھی گھائل کر دیا لیکن کاہل رام نے اُسے کسی طرح نہ چھوڑا۔ اپنے دل میں سوچنے لگا۔ کہ آج تو مَیں نے ٹھیک کام کیا ہے۔ آج مجھے کوئی بیوقوف نہ کہہ سکے گا۔ اسی طرح سوچتا سوچتا گھر پہنچا۔ ماں نے دیکھا کہ اس کا ہاتھ خون سے سُرخ ہو رہا ہے۔ بگڑ کر کہا" تو نرا گنوار کا لٹھ ہی رہے گا۔ ارے جنگلی بِلے کو کوئی اس طرح لاتا ہے؟ گردن میں رسّی باندھ کر اور رسّی کا سرا ہاتھ میں پکڑ کر لے آتا"۔

کاہل رام بولا" اچھا اچھا۔ اب سمجھ گیا"۔

اگلے روز کاہل رام ایک میوہ فروش کی دُکان پر کام کرنے گیا۔ دن بھر کام کر کے جب شام کو گھر لوٹنے لگا۔ تو میوہ فروش نے اسے میووں کی ایک چھوٹی سی ٹوکری دی۔ کاہل رام نے اُسے رسّی سے باندھ کر گھر کی طرف گھسیٹنا شروع کیا۔ جب وہ گھر پہنچا۔ تو ماں نے بگڑ کر کہا" تو کیسا اُلو کا لٹھ ہے! ایسے مزے دار میووں کی ٹوکری کو مٹّی میں گھسیٹ کر تو نے مٹّی کر دیا! اسے کندھے پر رکھ کر یا ہاتھ میں لٹکا کر نہیں لا سکتا تھا"۔

اس لعنت ملامت سے کاہل رام کو بہت افسوس ہوا۔ تھوڑی دیر تو چُپ رہا۔ پھر بولا" اچھا ماں! پھر کبھی غلطی نہ ہوگی"۔

دوسرے دن کاہل رام ایک دھوبی کے ہاں کام کرنے گیا۔ جب

شام کو کام ختم کر کے لَوٹنے لگا تو دھوبی بولا "تجھے کیا دوں؟ اچھا کیا یاد کرے گا۔ احاطہ میں سے ایک گدھا کھول لے جا۔"

کاہل رام نے کہا "بہت اچھا۔"

اب کاہل رام گدھے کو اپنی پیٹھ پر چڑھانے لگا۔ گدھا کندھے پر بیٹھتا نہ تھا۔ اور کاہل رام اُسے کسی طرح چھوڑنا نہیں چاہتا تھا۔ بہت دیر تک کُشتی لڑنے کے بعد آخر کاہل رام نے گدھے کو کندھے پر چڑھا ہی لیا۔ گدھا بار بار کندھے سے نیچے کود پڑتا۔ لیکن کاہل رام پھر سے پکڑ کر کندھے پر چڑھا لیتا۔ اسی طرح کرتے کراتے وہ شاہی محل کے سامنے سے ہو کر نکلا۔ کھڑکی میں سے شاہزادی نے اسے جاتے دیکھا تو اسے بے اختیار ہنسی آگئی۔ زور زور سے کُھل کِھلا کر ہنسنے لگی۔

اتفاق کی بات شاہزادی گونگی اور بہری تھی۔ ایک مرتبہ وہ سخت بیمار ہو گئی تھی۔ جس سے اس کی زبان اور کان دونوں بند ہو گئے تھے حکیم نے کہا تھا۔ کہ اگر شہزادی کو ہنسی آجائے۔ تو اس کی زبان اور کان کُھل جائیں گے۔ لیکن اُسے کسی طرح ہنسی نہ آتی تھی۔ راجہ نے بہتیری کوشش کی۔ مگر وہ کسی طرح شہزادی کو ہنسا نہ سکا۔ اس لئے آخر اس نے یہ اعلان کر دیا۔ کہ جو کوئی میری بیٹی کو ہنسا دے گا۔ اسی کے ساتھ میں اس کی شادی کر دوں گا۔ اور اُسے اپنا آدھا راج بانٹ دوں گا۔

شہزادی جب کاہل رام کو دیکھ ہنس پڑی۔ تو لونڈیوں نے فوراً اندر

جا کر اطلاع دی۔ کہ شہزادی ہنس رہی ہے + خبر پاتے ہی راجہ اور رانی دوڑے آئے + شہزادہ۔ وزیر۔ مصاحب۔ سبھی آ جمع ہوئے + راجہ کی خوشی کا ٹھکانا نہ رہا + اُس نے کاہل رام کے ساتھ شہزادی کا بیاہ کر کے اُسے آدھا راج دے دیا +

اب تو کاہل رام دن رات سوتے ہیں + اُنہیں اب کام کی تلاش میں مارے مارے پھرنے کی ضرورت نہیں + کون چیز کس طرح لائی جاتی ہے۔ یہ معلوم کرنے کی اب اُنہیں کیا ضرورت ہے؟ اب تو سینکڑوں نوکر چاکر ہر وقت اُن کی خدمت کے لئے حاضر رہتے ہیں +

گھڑیال اور گیدڑ

کسی گیدڑ کو بھوک نے بہت ستایا۔ جب جنگل میں کھانے کو کچھ نہ ملا۔ تو وہ دریا کے کنارے پہنچا۔ کہ چھوٹے موٹے کیکڑوں مچھلیوں اور اور ایسے ہی جانوروں کو کھا کر اپنا پیٹ بھرے۔ اس دریا میں ایک بہت بڑا گھڑیال رہتا تھا۔ اتفاق سے اس وقت اس کو بھی بہت بھوک لگی ہوئی تھی۔ اگر کسی طرح گیدڑ اسے مل جاتا۔ تو اس کی عید ہو جاتی۔ خوشی خوشی اُسے پیٹ میں دھر لیتا۔

گیدڑ آگے پیچھے اِدھر اُدھر چاروں طرف دوڑتا پھرا۔ مگر بہت دیر تک کھانے کو کوئی چیز ہاتھ نہ آئی۔ دریا کے کنارے جہاں پانی پایاب تھا۔ بڑے بڑے ناگرموتھے کھڑے تھے۔ بھوکا گھڑیال انہی ناگرموتھوں میں شفاف پانی کے نیچے پڑا تھا۔ گیدڑ نے دیکھا کہ ایک چھوٹا سا کیکڑا نہایت تیزی کے ساتھ پہلو کے رُخ چلا جا رہا ہے۔ بھوک کے مارے گیدڑ کی جان لبوں پر آگئی تھی۔ کیکڑے کو جاتے دیکھ

کر صبر ہاتھ سے جاتا رہا۔ اور اس کو پکڑنے کے لئے پنجہ پانی میں ڈال دیا۔ مگر جوں ہی اُس نے اپنا پنجہ پانی میں ڈالا۔ بوڑھے گھڑیال نے اُسے فوراً پکڑ لیا۔

گیدڑ اپنے دل میں کہنے لگا۔ "یا خدا! اب کیا کروں؟ اس بڑے بھاری مگرمچھ نے میرا پنجہ اپنے مُنہ میں پکڑ لیا ہے۔ اور اب آن کی آن میں مجھے پانی کی تہ میں کھینچ لے گا۔ اور مار کر کھا جائے گا۔ اگر اب کوئی صورت میرے بچاؤ کی ہوسکتی ہے۔ تو وہ صرف یہی ہے کہ کسی طرح اس کو دھوکا دے کر یہاں سے نکل بھاگوں۔"

بس اس لے ہنستے ہنستے زور سے کہا۔ "ہوشیار گھڑیال! واہ واتم نے تو میرے پنجے کی بجائے ناگر موتھے کی جڑ پکڑ لی۔ کیوں بہت نرم اور مزہ دار لگتی ہے کیا؟"

گھڑیال کے چاروں طرف موتھے اس کثرت سے کھڑے تھے۔ کہ وہ کچھ دیکھ نہیں سکتا تھا۔ جب اس نے گیدڑ کی یہ باتیں سنیں۔ تو اپنے دل میں کہنے لگا۔ "اب کیا کیا جائے۔ میں تو سمجھا تھا کہ گیدڑ کا پنجہ پکڑ لیا ہے۔ مگر وہ تو کھڑا خوشی خوشی مجھ سے باتیں کر رہا ہے۔ یقیناً یہ اُس کا پنجہ نہیں ہوسکتا۔ میں نے ضرور غلطی کی ہے۔ اور گیدڑ کے پنجے کی بجائے موتھے کی جڑ پکڑ لی ہے۔"

چنانچہ اُس نے گیدڑ کا پنجہ چھوڑ دیا۔ گیدڑ چھوٹتے ہی بڑی تیزی

کے ساتھ وہاں سے بھاگا۔ ذرا دُور جا کر کھڑا ہو گیا اور بولا" اے دانا مگرمچھ! اے عقل مند مگرمچھ! تم نے شکار پکڑ کر چھوڑ دیا!" اس کے بعد وہاں سے بے تحاشا بھاگا۔ گھڑیال گیدڑ کی بات سُن کر بہت جھلایا۔ لیکن اب کیا ہو سکتا تھا؟ گیدڑ بہت دُور نکل گیا تھا۔

اگلے روز اپنے کھانے کی تلاش میں گیدڑ پھر دریا کے کنارے آیا۔ مگر چونکہ اُسے گھڑیال سے بہت ڈر لگتا تھا۔ آتے ہی اطمینان کرنا چاہا۔ کہ مگرمچھ موجود ہے یا نہیں۔ بلند آواز سے کہنے لگا" جب کبھی مَیں خوراک کی تلاش میں دریا کے کنارے آتا ہوں۔ مزہ دار چھوٹے چھوٹے کیکڑے کیچڑ میں سے سر نکالے نظر آیا کرتے ہیں۔ کاش کہ مجھے اب بھی کوئی کیکڑا نظر آجائے"۔

گھڑیال دریا کی تہہ میں کیچڑ گارے میں دھنسا بیٹھا تھا۔ اس نے گیدڑ کا ایک ایک لفظ سُنا۔ اُس نے اپنی ناک کا ذرا سا سرا پانی سے باہر نکال دیا۔ اور اپنے دل میں سوچنے لگا" میری ناک کا سرا دیکھ کر گیدڑ ضرور مجھے کیکڑا سمجھے گا۔ اور مجھے پکڑنے کے لئے جونہی اپنا پنجہ پانی میں ڈالے گا۔ مَیں اُسے پکڑ کر چبا جاؤں گا"۔

مگر گیدڑ نے گھڑیال کی تھوتھنی کا سرا دیکھتے ہی بلند آواز سے کہا" اخاہ! پیارے دوست! آپ یہاں تشریف رکھتے ہیں؟ خوب! مَیں سمجھ گیا۔ دریا کے اس حصہ میں مجھے کھانے کو کوئی چیز نصیب نہیں ہو سکتی"۔

یہ کہہ کر وہ وہاں سے بھاگا۔ اور بہت دُور جا کر کیکڑے اور مچھلیاں تلاش کرنے لگا۔ گھڑیال نے دوسری دفعہ شکار کو ہاتھ سے جاتے دیکھا تو اپنے اُوپر بہت جھنجھلایا۔ اور دل میں ٹھان لی۔ کہ اب کے اسے یہاں سے بچ کر نہیں جانے دوں گا۔

اگلے دن گھڑیال دریا کے کنارے کے قریب ہی ایک جگہ چھُپ کر بیٹھ گیا۔ تاکہ اگر ممکن ہو۔ تو گیدڑ کے وہاں پہنچتے ہی اُس کو پکڑ لے۔ اِدھر گیدڑ کو بھی دریا کے پاس جاتے ڈر لگتا تھا۔ کیونکہ وہ جانتا تھا۔ کہ گھڑیال آج مجھے ضرور پکڑنے کی کوشش کرے گا۔ لیکن چونکہ بھوکا تھا۔ اس لئے کچھ کھائے پیئے بغیر بھی وہاں سے نہیں جانا چاہتا تھا۔ اپنے بچاؤ کی خاطر اُس نے زور سے پُکار کر کہا۔ "آج وہ تمام چھوٹے چھوٹے کیکڑے کہاں چلے گئے؟ اُن میں سے ایک بھی یہاں نظر نہیں آتا۔ اور مجھے زور کی بھوک لگ رہی ہے۔ پہلے تو وہ جب کبھی نیچے بیٹھتے تھے۔ تو اس جگہ پانی کے اُوپر چھوٹے چھوٹے بُلبلے اُٹھتے نظر آیا کرتے تھے۔"

گھڑیال دریا کے کنارے کیچڑ گارے میں چھپا بیٹھا تھا۔ گیدڑ کی بات سُن کر اُس نے سوچا کہ میں کیکڑا ہونے کا بہانہ کیوں نہ کروں؟ چنانچہ اس نے پھونکیں مار مار کر بُلبلے اُٹھانا شروع کیا۔ اور وہ بڑے بڑے بُلبلے دریا کی سطح پر آ آ کر پھوٹنے لگے۔ پانی اس طرح چکر کھانے

لگا۔ گویا وہاں کوئی گرداب یا بھنور ہے۔ اس خوفناک جانور کے پھونکیں مارنے سے دریا کے پانی میں اس قدر ہل چل پڑ گئی۔ کہ گیدڑ صاف سمجھ گیا۔ کہ مگرمچھ صاحب یہیں موجود ہیں۔ اور تاک میں ہیں کہ میں کب آؤں اور وہ کب مجھے ہڑپ کر لیں۔ وہ وہاں سے نہایت تیزی کے ساتھ بھاگا۔ اور بہت دُور آکر گھڑیال کو سُنانے کے لئے بلند آواز سے کہنے لگا۔" شکریہ۔ مہربان گھڑیال شکریہ! اگر یہ مجھے معلوم ہوتا۔ کہ آپ اس قدر قریب تشریف رکھتے ہیں۔ تو میں ہرگز یہاں نہ آتا"۔

یہ سُن کر گھڑیال دل ہی دل میں بہت جلا بھُنا۔ اور کہنے لگا۔" گیدڑ تو یہ روز ہی مجھے اُلّو بنانے لگا۔ مگر میں بھی اسے اس بدمعاشی کا ایسا مزہ چکھاؤں گا کہ ایک دفعہ یاد ہی رکھے گا"۔

گیدڑ پہاڑ کی ایک طرف ایک کھوہ میں رہتا تھا۔ وہ کھوہ دریا سے کچھ بہت دُور نہ تھی۔ اگلے روز علے الصباح گھڑیال آہستہ آہستہ گھسٹ گھسٹ کر گیدڑ کی کھوہ میں جا پہنچا۔ گیدڑ اُس وقت باہر گیا ہوا تھا۔ غار خالی تھا۔ گھڑیال یہ دیکھ کر بہت خوش ہوا۔ اور جلدی سے اندر گھُس ایک طرف چھُپ کر بیٹھ گیا۔ اور لگا گیدڑ کے آنے کی راہ دیکھنے۔ اِتنے میں گیدڑ بھی واپس آگیا۔ لیکن جونہی وہ اپنے غار کے نزدیک پہنچا۔ اس نے اِرد گرد غور سے دیکھا۔ اور اپنے دل میں کہنے لگا۔" ایسا معلوم ہوتا ہے۔ کہ کوئی بڑا بھاری جانور یہاں زمین پر سے چل کر گیا ہے۔

میرے غار کے دروازے کے دونوں طرف سے مٹی کے بڑے بڑے ڈھیلے اِدھر اُدھر لڑھک گئے ہیں۔ جس سے یہ معلوم ہوتا ہے کہ کسی بہت بڑے جانور نے اندر گھُسنے کی کوشش کی ہے۔ جب تک یہ معلوم نہ ہو جائے۔ کہ غار میں کسی قسم کا خطرہ نہیں۔ مَیں ہرگز اندر نہیں جاؤں گا۔"

اپنے دل میں یہ سوچ کر وہ بلند آواز سے بولا "میرے ننھے سے گھر! میرے پیارے پیارے گھر! میرے اچھے سے گھر! آج کیا بات ہے۔ کہ تو میری آواز کا جواب نہیں دیتا؟ پہلے تو جب کبھی میں آتا تھا اور تمہیں پکارتا تھا۔ تم مجھے جواب دیا کرتے تھے۔ آج کیا ایسی بات ہوگئی۔ کہ تم جواب ہی نہیں دیتے؟"

یہ سُنا تو گھڑیال اپنے دل میں کہنے لگا "بہت خوب! اگر یہ بات ہے تو مَیں ہی جواب دئے دیتا ہوں۔ تا کہ اس کو یقین ہو جائے۔ کہ یہاں کوئی خطرہ نہیں۔ اور کسی طرح یہ اندر چلا آئے۔" چنانچہ اس نے نہایت ہی دھیمی آواز سے کہا "پیارے گیدڑ!"

یہ الفاظ سُن کر مارے خوف کے گیدڑ کی جان ہی تو نکل گئی۔ وہ اپنے دل میں کہنے لگا "اچھا تو اب یہ خوفناک بوڑھا مگرمچھ یہاں آن پہنچا ہے؟ اسے تو کسی طرح ہلاک کر دیا جائے۔ کیونکہ اگر مَیں نے اسے نہ مارا۔ تو یہ ضرور ایک نہ ایک دن مجھے پکڑ کر ہلاک کر ڈالے گا۔ اور ہڈی بوٹی کر کے کھا جائے گا۔"

چنانچہ گیدڑ نے جواب دیا "میرے پیارے گھر۔ واہ وا تو بول اُٹھا تیری آواز مجھے بہت بھلی معلوم ہوتی ہے۔ مَیں ابھی اندر آتا ہوں۔ کھانا پکانے کے لیئے پہلے تھوڑی سی لکڑیاں چپٹیاں چن لوں"۔

گیدڑ چاروں طرف دوڑا دوڑا گیا۔ اور درختوں کی جتنی سوکھی ٹہنیاں چپٹیاں ملیں۔ لاکر غار کے مُنہ کے پاس انبار کر دیں۔ ادھر گھڑیال دم سادھے چوہیا کی طرح چپ چاپ غار میں ایک طرف دبکا ہوا بیٹھا تھا۔ مگر جب اس کے دل میں یہ خیال آیا۔ کہ "لو آخر کار مَیں نے اس شوخ گیدڑ کو اپنے پنجے میں پھنسا ہی لیا۔ اب یہ بھاگ کر کہاں جائے گا بس ذرا سی دیر میں یہ اندر آیا۔ اور مَیں نے اس کا کام تمام کیا"۔ تو اُسے بے اختیار ہنسی آگئی۔

جب گیدڑ تمام لکڑیاں اور سوکھی ٹہنیاں لاکر وہاں رکھ چکا۔ تو اُن پر کچھ سوکھی گھاس اور پتیاں ڈال کر اس لکڑیوں کے ڈھیر کو آگ لگا دی۔ لکڑیوں کا ڈھیر بہت بڑا تھا۔ اور گھاس پھوس اور لکڑیاں سب کی سب سوکھی تھیں۔ وہ ایک دم جل اُٹھیں۔ دھواں غار میں بھر گیا۔ اور بدمعاش مگرمچھ کا دم گھُٹ گیا۔ اور آخر کار جب آگ خوب تیز ہوگئی۔ تو وہ وہیں جل کر ڈھیر ہوگیا۔ گیدڑ باہر خوشی سے ناچتا اور یہ کہتا پھرتا تھا:۔

"کہو دوست! میرا گھر کچھ پسند بھی آیا؟ دیکھا کیسا عمدہ ہے؟" سردی

سے یہاں بڑا بچاؤ رہتا ہے! ہا ہا۔ ہو ہو۔ ہی ہی! بوڑھے میاں اب مرتے ہیں! ہا ہا ہا ہا! اب تو پھر کبھی مجھے نہیں ستائے گا۔ میں نے اپنے دشمن کو شکست فاش دے کر چھوڑا! ہا ہا! ہو ہو! ہی ہی!"

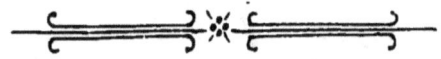

شرن شیرن

کسی شہر میں ایک بڑا بھاری عالم رہتا تھا۔ وہ دنیا کی تمام زبانیں جانتا تھا۔ دنیا میں جتنے علم ہیں۔ اُن سب کا بھی ماہر تھا۔ جنت۔ دوزخ۔ دُنیا۔ پاتال آسمان۔ خشکی۔ تری۔ اندھیرا اور اُجالا۔ اسے سب کا حال معلوم تھا۔ آدمیوں کا تو ذکر ہی کیا۔ بھوت۔ چڑیل۔ راکھشس وغیرہ ایسی کوئی چیز نہ تھی۔ جس کا اُسے پتہ نہ ہو۔ اِتنی باتیں آدمی دل میں کس طرح رکھ سکتا ہے؟ اس لئے اس نے صندوق جیسی موٹی ایک بڑی زبردست کتاب بنائی۔ اسی میں یہ تمام باتیں لکھ لیں۔ اور سب کا نام اور پورا پورا پتہ ٹھکانا درج کر لیا۔ لکھتے لکھتے اس کی کتاب بھر گئی۔ جب اسے آسمان یا ہوا میں سے کسی کو بلانے کی ضرورت ہوتی یا کوئی جنتر منتر یا جادو دیکھنا ہوتا۔ تو وہ اس کتاب کو اندھیرے میں کھولتا تھا۔ اس کے سوا وہ ہر وقت ایک اندھیری کوٹھڑی میں بند رکھی رہتی تھی۔ وہ اندھیری کوٹھڑی کیا تھی۔ پہاڑ کی کھوہ تھی۔ اُس میں

لوہے کی زنجیر سے باندھ کر اور سونے کا قفل چابی لگا کر وہ عالم اس کتاب کو رکھتا تھا۔

اپنے علم کی طاقت سے وہ عالم لوہے کو سونا اور سونے کو لوہا بنا سکتا تھا۔ آدمی کو بھیڑ اور بھیڑ کو آدمی بنا سکتا تھا۔ جب ضرورت ہو کسی بھوت چڑیل کو بُلا کر اس سے جو کام چاہتا لے لیتا۔ لیکن وہ اَور کسی کو یہ علم نہیں سکھلاتا تھا۔ کتنے ہی آدمی آ آ کر اُس کی خوشامد کرتے۔ اس کے پاؤں پڑتے۔ لیکن کسی کو وہ اپنے علم کے سمندر میں سے ایک بُوند بھی نہ دیتا۔ اس کو ہمیشہ یہ فکر ستایا کرتا تھا۔ کہ کبھی میری غیر حاضری میں کوئی آدمی اُس کتاب کو دیکھ کر کچھ معلوم نہ کر لے۔ اس لئے وہ کتاب کو اس طرح چھپا کر رکھتا۔ کہ کسی کو بھی پتہ نہ لگتا کہ کہاں رکھی ہے۔ ہاں اس کے خدمت گار کو یہ ضرور معلوم ہوتا تھا۔ یہ بَونا نوکر آقا کو بہت پیارا تھا۔

عالم جب اپنی پوشیدہ کوٹھڑی میں بیٹھ کر کرامات کی عجیب وغریب باتیں کیا کرتا۔ اس وقت ان سب کو دیکھ دیکھ کر بَونے کو بڑی حیرانی ہوتی تھی۔ وہ بڑا غریب تھا۔ جب وہ دیکھتا کہ اُس کا مالک لوہے کے بڑے بڑے ٹکڑوں کو منتر پڑھ کر پانی کی چھینٹوں سے سونا بنا لیتا ہے۔ تو اس کے دل میں بڑا لالچ آتا۔ وہ سوچا کرتا کہ ہائے اگر یہ منتر پڑھا ہوا پانی ذرا سا مجھے بھی مل جائے تو پھر کیا ہے! لیکن وہ ایسا

بدنصیب تھا۔ کہ اس پانی کا ایک قطرہ بھی اُسے کبھی نہ ملتا۔ جب کبھی وہ منتر پھونکے ہوئے پانی کی پیالی ڈھونڈتا۔ تو اسے اس پیالی میں پانی کی ایک بُوند بھی نہ ملتی۔ پیالی اس قدر گرم ملتی۔ کہ اسے چھونا بھی دشوار ہوتا۔ تب وہ اپنے دل میں یہی سوچ کر رہ جاتا۔ کہ اگر کبھی کتاب کو کھول کر دیکھ لینے کا موقعہ ملے۔ تو اُس میں سے لوہے سے سونا بنانے کا منتر تو یاد کر ہی لوں۔ لیکن کتاب ملتی کس طرح؟ عالم اُسے ایسی مضبوط زنجیر سے باندھ کر رکھتا۔ کہ اُسے توڑنے یا کاٹنے کی تو کسی میں طاقت ہی نہ تھی۔ رہ گیا اُسے کھولنا۔ سو وہ قفل لگا کر چابی کو منتر کے زور سے معلوم نہیں کہاں اُڑا دیتا۔ کہ اُس کا پتہ ہی نہ لگتا۔ اس لئے گو بَونے کو خواہش بیحد تھی۔ مگر لوہے کو سونا نہ بنا سکا۔ اس کے دن جس طرح پہلے تکلیف سے گذرتے تھے۔ ویسے ہی گذرتے رہے۔

ایک روز کیا ہوُا کہ عالم اپنی کتاب کھول کر کچھ پڑھ رہا تھا۔ اسی وقت اچانک کوئی کام پیش آ گیا اور اُسے کہیں باہر جانا پڑا۔ جلدی میں کتاب کو بند کرنا بھول گیا۔ وہیں کھُلی کی کھُلی رہ گئی۔ بَونا اس وقت بازار گیا ہوُا تھا۔ لوٹ کر گھر آیا۔ تو دیکھا کہ کتاب کھُلی پڑی ہے۔ اس کی خوشی کا ٹھکانا نہ رہا۔ فوراً بڑی تیزی سے کتاب کے ورق اُلٹنے لگا۔ اُسے ڈر تھا۔ کہ کہیں دیر ہو گئی۔ تو مالک واپس نہ آ جائے۔ اس لئے

بڑی پھرتی سے ورق پر ورق اُلٹنے لگا۔ لیکن کہیں بھی اسے لوہے سے سونا بنانے کا منتر نہ ملا۔ سونا۔ سونا۔ سونا! ڈھونڈھتے ڈھونڈھتے وہ تھک گیا۔ لیکن سونے کا کہیں نام بھی نہ تھا۔ ہاں کہیں کہیں سنہری سیاہی سے کچھ حرف لکھے ہوئے تھے۔

جوں جوں وقت گزرتا جاتا تھا۔ بَونے کی پریشانی بھی بڑھتی جاتی تھی۔ سوچتا تھا کہ اتنی محنت کر کے۔ ایسی ایسی تکلیفیں جھیل کر میں سونے کے پہاڑ تک تو آ پہنچا۔ لیکن اب تمام محنت ضائع ہوئی جاتی ہے۔ کبھی کبھی اسے ایسا معلوم ہوتا۔ کہ سیڑھی پر کسی کے پیروں کی آہٹ ہو رہی ہے۔ یہ سوچتے ہی اُس کا کلیجہ کانپ اُٹھتا۔

بَونا بڑی جلدی جلدی ورق اُلٹنے لگا۔ لیکن ان میں لکھی ہوئی باتیں اس کی سمجھ میں ذرا بھی نہ آئیں۔ اچانک اُسے معلوم ہوا۔ کہ اب کی بار سونا بنانے کا منتر مل گیا۔ ایک صفحے کے سرے پر بڑے بڑے سُنہرے حروف میں لکھا ہوا تھا۔ شرن شیرن! بَونے نے عالم کو سونے کے بجائے سورن[1] کا لفظ استعمال کرتے سُنا تھا۔ اس لئے اِسے پُورا پُورا یقین ہو گیا۔ کہ یہی سونا بنانے کا منتر ہے۔ خوشی کے مارے وہ شرن شیرن! شرن شیرن! پکار اُٹھا۔ لیکن ہیں یہ کیا؟ اس کے مُنہ سے شرن شیرن نکلتے ہی پوشیدہ کوٹھڑی کے لوہے کے دروازے بڑے

---

[1] سنسکرت زبان میں سورن سونے کو کہتے ہیں۔

دھماکے کے ساتھ کُھل گئے۔ اور ایک بڑی ڈراؤنی کالے رنگ کی مورت اُس کے سامنے آکر کھڑی ہوگئی۔

اس کی صورت دیکھتے ہی ڈر کے مارے بَونے کے ہوش حواس غائب ہوگئے۔ ہاتھ سے چھُٹ کر کتاب بھی نیچے گر پڑی۔ وہ ڈراؤنی مورت اُس کی طرف تُند نگاہوں سے دیکھ کر خوفناک لہجہ میں بول اُٹھی "کیا چاہیئے؟ مجھے کس لئے بُلایا ہے؟"

بَونا رو کر کانپتے ہوئے لہجہ میں بولا "کس نے تمہیں بُلایا ہے؟"

وہ ڈراؤنی مورت دانت پیس کر بولی "جانتا ہے مَیں راکھشسوں کا راجہ شیرن ہوں۔ جلد بتا کیا چاہیئے؟"

ڈر کے مارے بَونے کی زبان سے ایک لفظ بھی نہ نکلا۔

اس پر راکھشس کو اَور بھی غصہ آگیا۔ اور وہ کہنے لگا "یا تو جلد کوئی حکم دے۔ ورنہ ابھی گلا گھونٹ کر تجھے مار ڈالوں گا"۔

بَونا سوچنے لگا۔ اوہو! یہ حکم چاہتا ہے؟ لیکن وہ اس قدر ہکّا بکّا ہوگیا تھا کہ حکم دینے کو کچھ بھی نہ سوچ سکا۔

راکھشس پہلے سے بھی زیادہ تُند لہجہ میں بولا "بتا۔ جلد کوئی کام بتا۔ ورنہ پھر مَیں تجھے کھا کر ہی جاؤں گا"۔ یہ کہتے کہتے اس نے اپنا لمبے لمبے ناخنوں والا ہاتھ بَونے کی گردن کی طرف بڑھایا۔

بَونا سوچنے لگا۔ کہ اب موت آگئی۔ کچھ کہنا چاہتا تھا۔ لیکن گلا تو

سوکھ رہا تھا۔ ایک لفظ بھی زبان سے نہ نکلا۔ ڈر کے مارے بدن تھر تھر کانپ رہا تھا۔ لیکن جونہی راکھشس کا ہاتھ اُس کی گردن پر پڑا۔ اچانک اس کے مُنہ سے نکل گیا" پانی دو پانی!"

اب کیا تھا۔ راکھشس کو حکم مل گیا۔ وہ فوراً بونے کو چھوڑ کر ہٹ گیا۔ اور پانی لانے لگا۔ گھڑے پر گھڑا لا کر اس کوٹھڑی میں ڈالنے لگا۔ کوٹھڑی میں کیچڑ ہو گیا۔ لیکن راکھشس کا پانی لانا بند نہ ہوا۔ رفتہ رفتہ کوٹھڑی میں بھر کر پانی اُوپر کو بڑھنے لگا۔ وہ دیکھو ٹخنے ٹخنے ہو گیا! اب گھٹنے گھٹنے ہو گیا۔ لو اب تو کمر تک آ پہنچا۔ گلا بھی پانی میں ڈوبنے لگا۔ بس اب موت آئی۔ اب تو ناک بھی پانی میں ڈوبا چاہتی ہے۔

جان پر آ بنی تھی۔ تو بونے کے مُنہ سے حکم نکل گیا تھا۔ لیکن اب اس بلا کو روکے کس طرح؟ اور کچھ اُسے معلوم ہی نہ تھا۔ اس لئے پانی کا آنا بند نہ ہوا۔ آخر اتنا پانی بھر گیا۔ کہ بونا اس میں ڈوبنے لگا۔ دل میں کہنے لگا۔ افسوس! مَیں نے سونے کا لالچ کیوں کیا!

قریب تھا کہ بونا پانی میں ڈوب کر مر جائے۔ کہ عالم گھر واپس آ پہنچا۔ جاتے جاتے اسے راہ میں اچانک خیال آ گیا۔ کہ کتاب بند کرنا تو یاد ہی نہیں رہا۔ اس لئے وہ راستہ ہی سے لَوٹ پڑا۔ یہاں آ کر یہ تماشا دیکھا۔ سارے کمرے میں پانی ہی پانی بھر گیا تھا۔ پہلے تو اس کی سمجھ میں کچھ بھی نہ آیا۔ لیکن جب اس نے غور سے سوچا۔ تو سارا حال

بھانپ لیا۔ تب فوراً منتر پھونک کر پانی کو سکھایا۔ اور شرن شیرن کو واپس بھیج کر بونے کی جان بچائی ۔

بونے کی جان تو بچ گئی۔ لیکن اس کے آقا کی محنت سے لکھی ہوئی بڑے کام کی کتاب پانی میں گل کر بالکل ردّی ہو گئی۔ اسی غم میں عالم گھر چھوڑ کر کہیں جنگل میں چلا گیا۔ بونے کو بھی اب سونے کی طمع نہ رہی تھی۔ اپنے آقا ہی کے ساتھ چلا گیا ۔

بینگن

ایک چھوٹا سا لڑکا تھا۔ اس کے ہاتھ پاؤں تو دُبلے پتلے اور چھوٹے چھوٹے تھے۔ لیکن پیٹ بہت بڑا اور چپٹا سا تھا۔ سر پر بالوں کا ایک گپھا تھا۔ اس لئے لوگوں نے اس کا نام بینگن رکھ لیا۔ بینگن تھا بڑا چالاک۔ عقلمندی میں کوئی اُس کا مقابلہ نہ کر سکتا تھا۔

بینگن کے ماں باپ بہت غریب تھے۔ وہ راجہ کا ٹیکس بھی ادا نہیں کر سکتے تھے۔ اس لئے راجہ کا سپاہی ہر روز آ کر اُس کے باپ کو گالیاں سُناتا۔ یہ دیکھ کر بینگن رونے لگتا۔ لیکن بچّہ تھا۔ کیا کرتا؟ کبھی کبھی وہ سوچتا کہ راجہ کے ہاں چل کر فریاد کرنی چاہیئے۔ لیکن سپاہی اُسے محل میں گھسنے نہ دیتا۔ پھاٹک ہی پر سے چوٹی پکڑ کر باہر نکال دیتا۔ محل میں داخل ہونا اس کے لئے ناممکن تھا۔

ایک روز بینگن نے کیا کیا۔ کہ رات کو بہت سے کانٹے لے جا کر محل کے دروازہ کے سامنے زمین پر بچھا دئے۔ صبح کے وقت جب

سپاہی صاحب کندھے پر لاٹھی رکھے پھاٹک سے باہر نکلے۔ تو فوراً اس کے پاؤں میں کانٹے چبھ گئے۔ "اوہو!" کہہ کر سپاہی جھٹ زمین پر بیٹھ گیا۔ کانٹا نکالنے کے لئے اس نے ایک پاؤں تو اونچا اُٹھایا۔ اور سہارا لینے کی خاطر ایک ہاتھ زمین پر ٹیک دیا۔ لیکن زمین پر رکھتے ہی ہاتھ میں بھی کانٹے چبھ گئے۔ وہ ہاتھ اُٹھا کر سپاہی نے دوسرا ہاتھ زمین پر رکھا تو اس کی بھی وہی حالت ہوئی۔ جب ہاتھوں پیروں کی یہ بُری حالت ہو گئی۔ تو سپاہی کانٹوں پر گر گیا۔ اُس کے بدن میں کانٹے چبھ گئے۔

سپاہی اب کیا کرتا؟ زمین پر گر کر تڑپنے لگا۔ بینگن قریب ہی چھُپا ہُوا یہ تماشہ دیکھ رہا تھا۔ سپاہی کی بُری حالت دیکھ کر اُسے بڑا مزا آیا۔ آخر اس نے سپاہی کے سامنے آکر کہا۔ "واہ صاحب واہ! زمین پر کیوں پڑے ہو؟"

سپاہی کُہنی پر سر رکھ کر بولا۔ "کچھ نہیں۔ یونہی آرام کر رہا ہوں۔"

"بہتر۔ مزے میں آرام کرو۔ کسی بات کی فکر مت کرنا۔" یہ کہتا ہُوا بینگن شاہی محل کے اندر چل دیا۔

سپاہی ایک دفعہ تو پکڑو! پکڑو! کہتا ہُوا اُٹھا۔ لیکن اُٹھنے کی کوشش کرتے ہی کانٹوں کے درد سے اوہ! اوہ! کر کے پھر گر گیا۔

بینگن سیدھا دربار میں جا کر بولا۔ "جے ہو مہاراج کی!"

چھوٹے سے لڑکے کو دربار میں دیکھ کر راجہ کو بڑا تعجب ہوا۔ اُس نے پوچھا۔ "لڑکے! تجھے کیا چاہیئے؟"

لڑکا بولا۔ "حضور کے دربار میں فریاد لے کر آیا ہوں۔"

راجہ نے سوال کیا۔ "کیسی فریاد؟"

بینگن بولا۔ "مہاراج! آپ کا سپاہی ہر روز میرے باپ کو مارتا پیٹتا ہے۔"

راجہ بگڑ کر بولا۔ "بلاؤ تو سپاہی کو۔"

چار آدمی فوراً سپاہی کو لانے کے لئے چل دئے۔ تھوڑی دیر میں دونوں کہنیوں اور گھٹنوں کے بل چلتا چلتا سپاہی دربار میں حاضر ہوا۔ اس کی یہ چال دیکھ کر سبھی لوگ ہنس پڑے۔ راجہ نے بڑی مشکل سے ہنسی ضبط کر کے پوچھا۔ "ہیں! تجھے کیا ہوا؟"

سپاہی رو رو کر اپنا قصّہ بیان کرنے لگا۔ سُن کر راجہ نے کہا۔ "زمین پر کانٹے کس نے بچھائے تھے؟"

سپاہی نے کہا۔ "کیا معلوم حضور!"

راجہ۔ "جو شخص اس بات کا پتہ لگائے گا۔ ہم اُسے انعام دیں گے۔"

بینگن نے کہا۔ "حضور! اس بات کا پتہ میں لگاؤں گا۔"

راجہ نے پُوچھا۔ "اچھا بتلاؤ۔ یہ کام کس نے کیا تھا؟"

بینگن نے جواب دیا۔ "مَیں نے۔"

راجہ نے ناراض ہو کر کہا "تیری اتنی مجال ؟"

لڑکا ہاتھ جوڑ کر بولا "حضور! مَیں نے پتہ بتلا دیا۔ اب انعام ملنا چاہیئے"

راجہ کچھ سوچ کر بولا "وزیر صاحب! اس کو انعام دو"

بینگن نے انعام کی تھیلی ہاتھ میں لے کر کہا "مہاراج! میری فریاد کب سُنی جائے گی؟"

"سپاہی کو کافی سزا مل گئی۔ اب اَور کیا چاہتے ہو؟" کہہ کر راجہ نے خدمت گاروں کو حکم دیا کہ سپاہی کے بدن سے کانٹے نکالو۔ اس کے بعد سپاہی سے پوچھا "بینگن کے باپ کو اب بھی مارے گا؟"

سپاہی کان پکڑ کر بولا "نہیں حضور!"

روپیوں کی تھیلی اُچھالتا کودتا پھاندتا بینگن اپنے گھر جا پہنچا۔

عقیل اور زندہ دِل کی کہانی

دو نوجوان ایک دفعہ ایک سفر پر روانہ ہوئے۔ وہ اس ارادے سے گھر سے نکلے تھے۔ کہ دوسرے ملکوں میں جا کر تجارت کریں گے اور خوب روپیہ کما کر لائیں گے۔ اُن میں سے ایک کا نام عقیل پڑ گیا تھا۔ کیونکہ اس کی عقل بہت تیز تھی۔ وہ بڑا ذہین تھا مشکل سے مشکل بات آسانی سے سمجھ لیتا تھا۔ دوسرے کا نام زندہ دل تھا۔ کیونکہ وہ ہر وقت خوش رہتا تھا۔ کیسی ہی مشکل آجاتی۔ کیسی ہی مصیبت آپڑتی۔ وہ کبھی حوصلہ نہ ہارتا۔ اور یہ سوچ کر خوش رہتا۔ کہ جب اچھے دن ہمیشہ نہیں رہے۔ تو بُرے بھی سدا نہیں رہیں گے۔ عقیل بڑا مکار اور خود غرض تھا۔ مگر زندہ دل قابل اعتبار اور فراخ دل شخص تھا۔

ایک روز شام کے وقت وہ کسی سرائے میں اُترے۔ اگلی صبح اُٹھے تو کیا دیکھتے ہیں۔ کہ جہاں وہ لیٹے تھے۔ اس کے قریب ہی اشرفیوں سے مُنہ تک بھری ہوئی ایک تھیلی پڑی ہے۔ یہ دیکھ کر اُن کے تعجب

اور خوشی کی کوئی انتہا نہ رہی۔ اتفاق سے سرائے میں اس وقت اَوْر کوئی آدمی موجود نہ تھا۔ جس کے دیکھ لینے کا ڈر رہتا۔ پس اُنھوں نے چُپکے سے تھیلی اُٹھا کر کپڑوں میں چھپا لی۔ اور اپنے سفر پر روانہ ہوگئے۔ کچھ دُور جا کر جب اُنھوں نے اطمینان کا سانس لیا۔ تو یہ طے پایا کہ اب آگے جانے سے کیا حاصل؟ چلو گھر لوٹ چلیں۔ اُنھوں نے تھیلی کی مہروں کو اُسی وقت دو حصّوں میں تقسیم نہیں کیا۔ عقیل نے کہا۔ کہ ”سب سے بہتر ترکیب یہ ہے۔ کہ ہم تھوڑی سی مُہریں اس میں سے نکال لیں۔ اور تھیلی کو کسی درخت کے نیچے گاڑ دیں۔ اس کے بعد جب ہمیں روپے کی ضرورت پڑے گی۔ نکال لے جایا کریں گے۔ ساری تھیلی اُٹھائے اُٹھائے پھرنے سے کیا فائدہ۔ کہ کسی کو شک ہو جائے۔ اور ناحق مارے جائیں۔“

دونوں تھوڑی تھوڑی اشرفیاں لے کر اپنے اپنے گھر چلے گئے۔

کچھ عرصہ گذر گیا۔ زندہ دل اپنے دوستوں کے ساتھ مِل کر خوب مزے اُڑاتا رہا۔ جب سارا روپیہ ختم ہوگیا۔ تو وہ عقیل کے پاس آیا اور کہنے لگا۔ ”دوست! وہ روپیہ تو ختم ہوگیا۔ اب میرے پاس کچھ نہیں رہا۔ تھوڑی سی اشرفیاں اَوْر لا دو۔“

عقیل نے جواب دیا۔ ”چلو درخت کے نیچے سے نکال لائیں۔“ دونو دوست وہاں پہنچے۔ اور زمین کھودنے لگے۔ مگر وہاں کیا رکھا تھا؟ تھیلی

تو عقیل وہاں سے پہلے ہی اُڑا لے گیا تھا + مگر وہ تھا بہت بدمعاش۔
اُسی وقت اپنے دوست کو بُرا بھلا کہنے اور گالیاں دینے لگا۔ اور بولا
"یہ سب تمہاری ہی شرارت ہے۔ مُہروں کی تھیلی ضرور تم ہی یہاں سے
نکال کر لے گئے ہو۔ ورنہ کیا اُسے زمین نگل گئی یا درخت کھا گیا؟ تم
بڑے دغا باز ہو۔ اور ہرگز دوستی یا اعتبار کے قابل نہیں۔ مجھے یہ اُمید
نہ تھی کہ تم اس طرح چوری کروگے"
وہی مثل ہوئی کہ اُلٹا چور کوتوال کو ڈانٹے + آخر تھیلی کے دونوں
مالک عدالت میں پہنچے۔ اور حاکم کے رُوبرو حاضر ہو کر فریاد کی۔ کہ حضور
ہمارا انصاف کیجئے + عقیل بہت بولتا تھا۔ لیکن زندہ دل کو کچھ نہ سوجھتا
تھا۔ کہ کیا کہے + وہ غریب گم سُم کھڑا تھا +
حاکم نے پُوچھا "اس بات کا ثبوت ہے کہ چوری زندہ دل نے
کی ہے"
عقیل نے جواب دیا "ثبوت! ثبوت تو حضور وہ درخت خود پیش کرے
گا۔ وہی میرا گواہ ہے۔ اگر آپ کل رات کو وہاں تشریف لائیں۔ تو اللہ
کی قدرت سے وہ درخت خود بول کر آپ کو بتلا دے گا۔ کہ چور کون
ہے + ہم دونوں اس وقت وہیں موجود ہوں گے"
حاکم بہت حیران ہُوا اور اپنے دل میں سوچنے لگا۔ کہ بھلا یہ کیونکر
ممکن ہو سکتا ہے۔ کہ درخت خود بول کر بتائے کہ چوری کس نے کی ہے

لیکن اس نے عقیل کی تجویز مان لی ۔

اب اِدھر عقیل نے کیا کیا۔ کہ زندہ دل کو وہیں چھوڑ سیدھا اپنے بھائی کے گھر پہنچا۔ وہ بھی عقیل کی طرح بڑا بدمعاش اور مکار تھا۔ عقیل نے اُسے سارا ماجرا کہہ سُنایا۔ اور کہا۔ کہ کل شام کے وقت تم چُپ چاپ جاکر اس درخت کی کھوہ میں چھپ کر بیٹھ جانا۔ اور جب حاکم وہاں آکر دریافت کرے کہ چوری کس نے کی ہے۔ تو تم اندر سے کہہ دینا "زندہ دل نے"۔ اس نے اپنے بھائی کی درخواست منظور کر لی۔

اگلی رات حاکم وہاں پہنچا۔ اور دونوں فریادیوں کے ساتھ اس درخت کے تلے جا کھڑا ہوا۔ اس کے بعد اس نے بلند آواز سے کہا۔ "اے درخت! اگر تم بول سکتے ہو۔ تو مجھے بتلاؤ۔ کہ ان دونوں آدمیوں میں سے چور کون ہے؟"

درخت کی کھوہ میں سے فوراً یہ آواز آئی۔ "مُہروں کی تھیلی زندہ دل نے چُرائی ہے۔ وہی چور ہے"۔

زندہ دل نے جو یہ جھوٹ بات سُنی۔ تو مارے غصہ اور خوف کے اس میں بولنے کی طاقت نہ رہی۔ ایک لفظ بھی اس کی زبان سے نہ نکلا۔ مگر وہ حاکم کے چہرہ کی طرف اس طرح دیکھنے لگا۔ جیسے کوئی رحم کی التجا کرتا ہو۔

حاکم بڑا تجربہ کار اور دانا آدمی تھا۔ فوراً تاڑ گیا کہ یہ محض عقیل کی

ایک چال ہے۔ اور یہ مجھے بھی دھوکا دینا چاہتا ہے + پس اُس نے دو سپاہیوں کو اپنے سامنے بلا کر حکم دیا۔ کہ اس درخت کی جڑ میں آگ لگا دو + جونہی آگ جل اُٹھی۔ دُھواں اور شعلے کھوہ کے اندر پہنچنے لگے۔ عقیل کا بھائی گرمی برداشت نہ کر سکا۔ اور رونے لگا + اس کی دردناک چیخیں مُنصِف کے کانوں میں پہنچیں + مگر اب کیا ہو سکتا تھا مکار عقیل کے بدمعاش بھائی کا دم گھٹ گیا۔ اور وہ تڑپ تڑپ کر اسی جگہ ٹھنڈا ہو گیا +

اب حاکم کو یہ معلوم کرتے دیر نہ لگی۔ کہ اصل معاملہ کیا ہے + زندہ دل خوش خوش اپنے گھر کو چلا گیا۔ اور عقیل کو ہتھکڑیاں پہنا کر سپاہیوں نے جیل خانہ میں ڈال دیا +

کوئی ہزار کوشش کرے۔ مگر سچی بات کب تک چھپی رہ سکتی ہے + پیارے بچو! یاد رکھو جھوٹ کی سزا ملے بغیر نہیں رہتی +

نمک کی خاصیّت

ایک مال دار سوداگر کے تین بیٹیاں تھیں۔ ایک روز سوداگر کا دل چاہا۔ کہ یہ معلوم کروں۔ کہ میری کون سی بیٹی مجھے سب سے زیادہ پیار کرتی ہے۔ اس لئے اس نے بڑی بیٹی کو بُلا کر پوچھا۔ "تو مجھ کو کتنا پیار کرتی ہے؟"

بیٹی نے جواب دیا۔ "ابا جان! مَیں آپ کو اپنی جان سے بھی زیادہ پیار کرتی ہوں۔"

اس جواب سے خوش ہو کر سوداگر نے اُسے بڑے بڑے موتیوں کی جو کبوتر کے انڈے جتنے تھے۔ مالا دی۔

اس کے بعد اس نے منجھلی بیٹی کو بُلا کر پُوچھا۔ "بیٹی! تُو مجھے کتنا چاہتی ہے؟"

بیٹی نے کہا۔ "ابا جان! میری محبّت اتنی بہت ہے۔ جتنی کہ ساری دُنیا۔"

سوداگر نے خوش ہو کر اسے ایک صندوق اشرفیوں سے بھر دیا۔
اب اس نے اپنی چھوٹی بیٹی کو بلا کر اس سے بھی وہی سوال کیا۔
چھوٹی بیٹی نے جواب دیا "میں آپ کو اس قدر چاہتی ہوں۔ جتنا کہ نمک کو"
چھوٹی بیٹی کا جواب سن کر سوداگر جھلا اٹھا۔ اس نے کہا "نمک کے برابر پیار کرتی ہے؟ نمک تو نہایت ہی معمولی چیز ہے!"
بس ناراض ہو کر چھوٹی بیٹی کو گھر سے نکال دیا۔
لڑکی بیچاری کیا کرتی؟ روتی دھوتی گھر سے چل دی۔ چلتے چلتے ایک ایسے کھیت میں جا پہنچی۔ جس میں بہت لمبی لمبی گھاس کھڑی تھی۔ کھیت میں سے گھاس اکھاڑ کر اس نے اپنے سر کے لئے ایک ٹوپ اور ایک ایسا کرتا بنایا۔ جس سے گردن سے لے کر ایڑی تک سارا بدن ڈھک جائے۔ وہ زری کی ایک کامدار ریشمی ساڑی پہنے ہوئے تھی۔ اس کے اوپر ہی اس نے یہ گھاس کا لباس پہن لیا۔ اب اس کی شکل صورت ایسی بن گئی۔ کہ کوئی بھی اسے پہچان نہ سکتا تھا۔
کھیت سے لوٹ کر وہ شاہی محل کو گئی۔ اور وہاں جا کر پوچھا "مجھے نوکر رکھو گے؟"
بادشاہ کے چوبدار نے کہا "نہیں۔ یہاں کسی نوکر کی ضرورت نہیں"
لڑکی نے رونی صورت بنا کر کہا "مجھے تنخواہ نہیں چاہئے۔ بس

کھانے کو دو روٹیاں دے دینا۔ مجھ کو جو کام دیا جائے گا۔ وہی کر لوں گی۔"

چوب دار نے پھر انکار کر دیا۔ لیکن اس کا رونا دیکھ کر باورچی کو ترس آگیا۔ اور اس نے اُسے برتن مانجھنے کے لئے باورچی خانہ میں نوکر رکھ لیا۔ وہ خوشی خوشی یہ کام کرنے لگی۔ لیکن اگر کوئی شخص اُس سے اُس کا نام وغیرہ دریافت کرتا۔ تو وہ کچھ جواب نہ دیتی۔ بس رونے لگتی تھی۔ مگر کوئی نہ کوئی نام تو ہونا چاہیئے تھا۔ اس لئے اُس کے بدن پر گھاس کی پوشاک دیکھ کر لوگوں نے اس کا نام گھسیاری رکھ لیا۔ سب اسے اسی نام سے پکارنے لگے۔

اس طرح کچھ دن گزر گئے۔ ایک روز وزیر کے نواسے کی کھیر چٹائی ہوئی۔ خوب چہل پہل ہو رہی تھی۔ وزیر نے بڑی بھاری ضیافت کی۔ بادشاہ اور اَور سب لوگوں کو دعوت دی گئی۔ جتنے آدمی شاہی محل میں رہتے تھے۔ سب دعوت میں شریک ہوئے۔ یہاں تک کہ کوئی نوکر چاکر یا لونڈی باندی تک بھی باقی نہ رہی۔ صرف ایک گھسیاری نہ گئی۔ ساتھ والوں نے جب اس سے چلنے کو کہا۔ تو اس نے جواب دیا۔ "میں نہیں جا سکتی۔ میری طبیعت ٹھیک نہیں ہے۔"

لیکن جب سب لوگ چلے گئے۔ تو اس نے کیا کیا۔ کہ گھاس کا کرتا اور ٹوپ اُتار کر تو ایک طرف رکھ دیا۔ اور ہاتھ مُنہ خوب اچھی طرح

سے صاف کر کے وزیر کے گھر کی راہ لی + وہاں اسے کسی نے بھی نہیں پہچانا۔ لیکن جو کوئی اُسے دیکھ لیتا۔ دنگ رہ جاتا + سبھی کہنے لگے۔ "آہا! کیسی نفیس پوشاک ہے۔ اور چہرہ کیسا خوب صورت چاند سا ہے! ایسی حسین لڑکی تو کبھی نہیں دیکھی۔ یہ ہے کون؟"

وہ جدھر سے ہو کر نکل جاتی۔ اس طرف ہی لوگ اس کی بابت ایک دوسرے سے باتیں کرنے لگتے + شہزادہ بھی دعوت میں شریک ہوا تھا۔ اس نے اس لڑکی کو دیکھا تو نگاہ وہیں جم گئی + دل میں کہنے لگا کہ یہ پری ہے یا حور؟ تمام رات اس نے اور کسی سے بات نہ کی۔ بس اس لڑکی ہی سے ہنستا بولتا رہا + سلطنت کی جو اور خوب صورت خوب صورت لڑکیاں وہاں موجود تھیں۔ وہ سب یہ دیکھ کر اپنے اپنے جی میں کُڑھنے لگیں + جب مجلس برخاست ہونے کا وقت آیا۔ تو گھسیاری کچھ دیر پہلے ہی وہاں سے اُٹھ کر چل دی + گھر پہنچ کر پھر وہی گھاس کا لباس پہن لیا۔ اور چپ چاپ لیٹ گئی + جب اس کے ساتھی لوٹ کر آئے۔ تو یہ خراٹے لے رہی تھی ❖

دوسرے دن سب نے گھسیاری سے کہا۔ "کل وزیر صاحب کے ہاں ایک ایسی خوب صورت لڑکی آئی تھی۔ کہ کیا تعریف کریں + ایسی لڑکی کبھی کسی نے نہ دیکھی ہوگی + جیسی اس کی شکل صورت اعلیٰ تھی۔ ویسے ہی کپڑے بھی تھے۔ بہشت کی پری معلوم ہوتی تھی + ہمارے

شہزادہ صاحب تو اُسے دیکھتے ہی لٹّو ہو گئے "۔

گھسیاری کہنے لگی "۔ افسوس! میں اُسے نہ دیکھ سکی "۔

وہ سب بولے "۔ آج بھی تو دعوت ہے۔ چل کر دیکھ لینا "۔

اس نے کہا "۔ اچھا۔ آج ضرور چلوں گی "۔

لیکن اس روز بھی جب شام ہو گئی تو اس نے اپنی طبیعت خراب بتلائی۔ لیکن جب سب چلے گئے تو پھر کل کی طرح گھاس کے کپڑے اُتار کر چُپ چاپ وزیر کے ہاں جا پہنچی۔ شہزادہ اس روز بھی اَور کسی سے نہیں مِلا جُلا۔ ساری رات اسی سے باتیں کرتا رہا۔ محفل برخاست ہونے کے وقت وہ پھر سب سے پہلے چل دی اور گھر جا کر لیٹ رہی۔

دوسرے دن پھر سب لوگ گھسیاری سے کہنے لگے "۔ وہ لڑکی کل بھی آئی تھی۔ لیکن جب تک تو وہاں نہ جائے تو اُسے دیکھ کیسے سکتی ہے؟"

وہ بولی "۔ میری تقدیر ہی میں دیکھنا نہ تھا۔ دیکھتی کیسے؟"

اُنہوں نے کہا "۔ اس قدر افسوس کیوں کرتی ہو؟ وہ آج بھی تو آئے گی۔ ابھی تو اُسے دیکھ سکتی ہے "۔

اُس نے جواب دیا "۔ آج تو میں ضرور ہی چلوں گی "۔

مگر جب شام ہوئی تو وہ کہنے لگی "۔ میری تو طبیعت پھر خراب ہو گئی "۔

لیکن جب اَور سب لوگ وزیر صاحب کے ہاں چلے گئے۔ تو وہ بھی پہلے کی طرح وہاں جا پہنچی۔ اُسے دیکھ کر شہزادہ بہت خوش ہُوا۔ طرح طرح کی باتیں کرنے کے بعد وہ اس کا نام وغیرہ معلوم کرنے کی کوشش کرنے لگا۔ لیکن اُس نے کچھ بھی نہ بتلایا۔ جب رخصت ہونے کا وقت آیا۔ تو شہزادہ نے اپنی اُنگلی سے انگوٹھی اُتار کر اُس کی اُنگلی میں پہنا دی۔ اور کہا "ہمیں بھول نہ جانا"

اس روز بھی گھسیاری سب سے پہلے محلوں میں پہنچ کر چپ چاپ لیٹ رہی۔ کسی کو معلوم نہ ہُوا۔ کہ وہ بھی وہاں گئی تھی۔ اگلے روز پھر سب لوگ کہنے لگے" واہ ری۔ سب نے اُسے دیکھ لیا۔ ایک تُو ہی نہ دیکھ سکی"

وہ پھر بہت افسوس کرکے کہنے لگی" کیا کروں۔ دیکھنے کی خواہش تو بہت تھی"

اُدھر شہزادہ محل میں آکر ساری ساری رات اس لڑکی کو یاد کیا کرتا۔ دم بھر کے لئے بھی اُسے نیند نہ آتی۔ وہ سوچتا کہ وہ لڑکی کوئی معمولی عورت نہ تھی۔ ضرور کوئی پری یا حور تھی۔ تین دن اپنی صورت دکھا کر خدا معلوم کہاں چلی گئی! اپنی دُنیا کو اُڑ گئی ہوگی۔ ہائے! اب میں کیا کروں؟

اب شہزادہ بہت اُداس رہنے لگا۔ اُس کا چہرہ زرد پڑ گیا۔ جسم سوکھ گیا۔ آخر اس کی یہ حالت ہوگئی۔ کہ پلنگ پر سے اُٹھ بھی نہ سکتا۔

اب تو سب کو بہت فکر ہوئی۔

جب بادشاہ نے سُنا کہ ایک لڑکی کے لئے شاہزادہ کی یہ حالت ہوگئی ہے۔ تو اس نے اس لڑکی کی تلاش میں ملک ملک کو آدمی روانہ کر دئے۔ وزیر کا بیٹا شہزادے کا لنگوٹیا یار تھا۔ وہ اس کے پاس جاکر کہنے لگا۔" دوست! اب کچھ فکر نہ کرو۔ اس لڑکی کو تلاش کرنے کے لئے مختلف ملکوں کو آدمی دوڑائے گئے ہیں۔"

شہزادہ کچھ نہ بولا۔ چُپ چاپ بیٹھا سنتا رہا۔ وہ دل میں سوچتا تھا کہ آہ! پری کی خبر کھوج انسان کو کیونکر مل سکتی ہے!

باورچی خانہ میں اطلاع بھیجی گئی۔ کہ شہزادہ کے لئے ساگودانہ پکا دو۔ مصرانی پکانے لگی۔ تو گھسیاری بولی۔" ماں جی! آج ساگودانہ مَیں پکاؤں گی۔"

بُڑھیا نے کہا۔" نہیں بیٹی! شہزادہ کے لئے پکانا ہے۔ تم سے خراب ہو جائے گا۔"

بہت خوشامد کرنے پر بُڑھیا نے اُسے یہ کام کرنے کی اجازت دی۔ اس نے ساگودانہ تیار کرکے سونے کے کٹورے میں شہزادہ کے پاس بھجوا دیا۔ اس سے پہلے بُڑھیا کی نگاہ بچا کر اس نے چُپ چاپ کٹورے میں وہی شہزادے کی انگوٹھی بھی ڈال دی۔ ساگودانہ کھا چکا۔ تو شہزادے نے کیا دیکھا۔ کہ کٹورے میں

انگوٹھی پڑی ہے۔ اُٹھا کر دیکھا۔ تو اُسے بڑی حیرت ہوئی۔ وہ سوچنے لگا کہ یہ تو وہی انگوٹھی ہے۔ جو مَیں نے اُس لڑکی کو دی تھی۔ یہاں کس طرح آپہنچی؟ آخر اس نے مصرانی کو بلوا بھیجا۔ بُڑھیا کانپتی کانپتی آکر حاضر ہوئی۔

شہزادہ نے پُوچھا "آج ساگودانہ کس نے پکایا ہے؟"

بُڑھیا نے کہا "سرکار مَیں لے ہی پکایا ہے"

شہزادہ بولا "کوئی ڈر کی بات نہیں ہے۔ تم سچ سچ کہہ دو"

مصرانی "سچ تو یہ ہے سرکار! کہ آج ساگودانہ گھسیاری نے پکایا تھا"

شہزادہ "گھسیاری کون ہے؟"

مصرانی "باورچی خانہ کی خادمہ ہے"

شہزادہ "اچھا۔ اس کو بھیجو"

گھسیاری آکر حاضر ہوئی۔

شہزادہ نے پوچھا "آج ساگودانہ تم نے پکایا تھا؟"

اُس نے کہا "حضور!" شہزادہ نے انگوٹھی دکھلا کر کہا "یہ انگوٹھی تمہیں کہاں سے ملی؟"

گھسیاری نے جواب دیا "جس کی انگوٹھی ہے۔ اُسی سے ملی"

شہزادہ نے حیران ہو کر پُوچھا "تم کون ہو؟"

گھسیاری نے ہنس کر کہا "گھسیاری"
اب اس کی آواز پہچان کر شہزادہ چونک پڑا۔ اُس نے پوچھا "سچ سچ بتلاؤ۔ تم کون ہو؟"
"شہزادہ صاحب! دیکھ لیجئے میں کون ہوں" یہ کہتے کہتے گھسیاری نے گھاس کا ٹوپ اور کرتا اُتار کر پھینک دیا۔ شہزادے نے دیکھا تو اُس کے سامنے وہی لڑکی کھڑی تھی۔
تھوڑے ہی دنوں میں شہزادہ بالکل تندرست ہو گیا۔ اسی لڑکی کے ساتھ شہزادہ کی شادی خوب دھوم دھام کے ساتھ ہو گئی۔ سلطنت میں رہنے والے تمام آدمیوں کو دعوت دی گئی۔ لڑکی کا باپ سوداگر بھی آیا۔ لیکن اُس نے کوئی خاص بات نہ معلوم ہونے دی۔
ایک روز شاہی دُلہن نے مصرانی سے جا کر کہا "تم آج ترکاری یا اور کسی چیز میں نمک بالکل نہ ڈالنا"
وہ بیچاری کیا کرتی؟ اُسے حکم کی تعمیل کرنی پڑی۔ کھانے کا سب سامان تیار ہو گیا۔ لیکن نمک کسی چیز میں بھی نہ پڑا۔ رات کو ضیافت ہوئی۔ سب لوگ کھانا کھانے بیٹھے۔ باورچی خانہ میں جو نفیس نفیس کھانے رکھے تھے۔ ان کی خوشبو سے لوگوں کے منہ میں پانی بھر آیا۔ لیکن جب وہی سامان کھانے کے لئے لا کر رکھا گیا۔ تو بے نمک

ہونے کے باعث کسی سے کچھ بھی نہ کھایا گیا۔ سب کے سب بھوکے رہ گئے۔ اور سبھی سوچنے لگے۔ کہ "شاہی محلوں میں کیا ایسا ہی کھانا تیار ہوتا ہے؟"

شہزادہ کو سب حال معلوم تھا۔ وہ آ کر کہنے لگا "آپ لوگوں نے تو کچھ بھی نہیں کھایا۔ یہ کیا بات ہے؟"

سب مل کر کہنے لگے "کھانا ہے تو بہت اعلیٰ قسم کا۔ مگر اس میں نمک نہیں ہے"۔

تب شہزادے نے سوداگر کے پاس جا کر کہا "یہ کیا! آپ بھی نہیں کھاتے؟ آپ تو کھائیے"۔

سوداگر نے جواب دیا "شہزادہ صاحب! نمک تو ہے نہیں۔ کھاؤں کس طرح؟"

شہزادہ نے کہا "واہ سوداگر صاحب! آپ نے یہ کیا فرمایا؟ نمک جیسی معمولی چیز نہیں ہے۔ تو کیا ہوا؟ اور تو سب ایک سے ایک بڑھ کر چیزیں موجود ہیں۔ خوب سیر ہو کر کھانا کھایئے"۔

یہ سن کر سوداگر کی آنکھوں میں آنسو اُمنڈ آئے۔

شہزادہ نے کہا "ہیں۔ یہ کیا! آپ روتے کیوں ہیں؟"

سوداگر بولا "شہزادہ صاحب! غم کے مارے روتا ہوں۔ نمک نہ ہو تو سبھی چیزیں بے مزہ ہو جاتی ہیں۔ بس یہی دیکھ کر آنکھوں سے

آنسو نکلتے ہیں "
شہزادہ نے پوچھا "یہ کیوں؟"
سوداگر نے سارا قصّہ شہزادے کو سُنایا۔ اور کہا "اس وقت میَں نمک کو نہایت معمولی چیز سمجھتا تھا۔ لیکن اب مجھے خیال آرہا ہے کہ میری چھوٹی بیٹی سچ مچ مجھ سے بہت محبّت کرتی تھی "
شہزادہ نے کہا "آپ " کرتی تھی " کیوں کہتے ہیں؟ کیا اب نہیں کرتی؟"
سوداگر روتے روتے کہنے لگا "افسوس! اب وہ کہاں؟ اس کو تو میَں نے اسی وقت گھر سے نکال دیا تھا "
" ابّا جان! مَیں تو جیتی جاگتی موجود ہوں " یہ کہتی ہوئی اچانک اُس کی بیٹی رانی کے لباس میں آکر اس کے سامنے کھڑی ہوگئی ۔ سوداگر نے دیکھا کہ اس کی بیٹی ابھی جیتی جاگتی ہے۔ اور شاہی دُلہن بن گئی ہے۔ خوشی سے اچھل پڑا۔ بیٹی اور داماد کو گلے لگایا۔ پھر جس قدر مال و دولت اس کے پاس تھا۔ وہ سب چھوٹی بیٹی کو دے دیا۔